Susanne Rauchhaus

Game Over
Wir retten die Welt!

Susanne Rauchhaus

GAME OVER

WIR RETTEN DIE WELT!

Mit Illustrationen
von Helge Vogt

Ravensburger Buchverlag

Für Christoph

Bibliografische Information der Deutschen Nationalbibliothek: Die Deutsche Nationalbibliothek verzeichnet diese Publikation in der Deutschen Nationalbibliografie.
Detaillierte bibliografische Daten
sind im Internet über http://dnb.d-nb.de abrufbar.

FSC www.fsc.org MIX Papier aus verantwortungsvollen Quellen FSC® C114500

1 2 3 4 5 E D C B A

Otto Maier GmbH
Postfach 18 60, 88188 Ravensburg

Cover- und Innenillustrationen: Helge Vogt
Redaktion: Beate Spindler
Printed in Germany

ISBN 978-3-473-36952-2

www.ravensburger.de

LEVEL 1

Weltraumschrott

DANIEL Spielt ihr Computerspiele? Dann wisst ihr ja, wie übel es ist, wenn ihr das letzte Level knacken wollt – und immer wieder zersemmelt es euch. Game Over! Und ihr denkt: Da muss irgendwas kaputt sein, das kann doch niemand schaffen! Aber wisst ihr, was noch übler ist? Wenn ihr es doch schafft! Aber nicht mit den … ähm … üblichen Mitteln. Das klingt jetzt krass, aber habt ihr auch nur den Hauch einer Ahnung, wie gefährlich Computerspiele sein können? Ich verrate euch ein Geheimnis: Wenn ihr die falsche Tastenkombi drückt, kann *alles* passieren …

BEN Jetzt mal stopp! Das ist doch gequirlte Banane, du fängst ja mittendrin an! Siehst du nicht, wie verwirrt die Leute jetzt schon gucken?

DANIEL Kann schon sein. Aber sollen wir die Geschichte überhaupt erzählen? Die glaubt uns doch kein Mensch!

BEN Was andere glauben, ist mir doch egal. Aber wenn wir das jetzt nicht aufschreiben, dann glauben wir das bald alles selbst nicht mehr. Erzähl es eben richtig! Ich würd's ja machen, aber du tippst schneller.

DANIEL Na gut! Dann fange ich am besten mit unserem Computerspiel *Space Agents* an, damit ihr wisst, worum es da geht (und das ist wirklich ein Megaspiel!).
Gerade flogen Ben und ich in unserem Jet quer durch die Galaxie, auf dem Weg zu den Minen von Molos. Die liegen versteckt auf einem steinigen, gefährlichen und extrem düsteren Planeten. Die Sonne ist so weit entfernt, dass sie diese Felsenwüste in ein blauschwarzes Licht taucht. Wie nachts, wenn Mondschein zwischen den Wolken durchsickert.
Trotz der Dunkelheit konnte ich es mir nicht verkneifen, ganz dicht über den Boden zu rasen. Das ist ein Wahnsinnsgefühl, weil die Landschaft so echt aussieht.

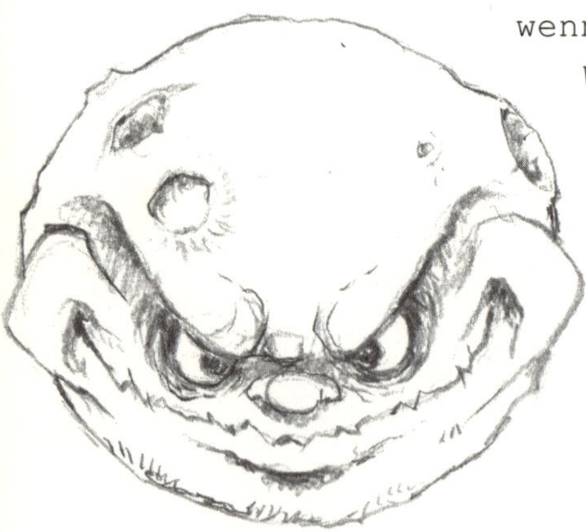

MOLOS HÖCHSTPERSÖNLICH

Wenn man den Jet durch ein Tal lenkt, kurz vor einem Berg hochzieht und dann durch zwei Felsnadeln steuert … Wow!
Okay, dabei war ich allerdings etwas zu schnell.
„Du musst das Tempo drosseln", zischte Ben, „sonst sind wir gleich Weltraumschrott!"
„Das ist diese olle Kiste doch schon lange", sagte ich. Eine bessere konnten wir uns leider nicht leisten. „Hätten wir im letzten Raumhafen bloß etwas mehr Gold gehabt, dann hätten wir uns dieses Megaschiff kaufen können …"
„PASS DOCH AUF!", brüllte Ben mich plötzlich an.
Musste er gleich so laut werden?

BEN Ja, musste ich! Sonst wärst du Gigantus direkt in die Arme geflogen!

giga-gefährlicher Roboter!

DANIEL Die Bewegung hinter den Felsen hatte ich natürlich auch bemerkt. Doch, ehrlich! Eine gewaltige Gestalt erhob sich in den finsteren Himmel. An diesem Gegner würden wir nur mit sehr viel Können vorbeikommen.
Hastig riss ich unseren Flieger zur Seite, während der Angreifer mit einem seiner Arme ausholte. Die Riesenfaust ließ unseren Bildschirm kurz schwarz werden … Glück gehabt! Er hatte uns nur knapp verfehlt!

BEN In sicherer Entfernung wendete Daniel den Jet, damit wir das Monstrum von vorne sehen konnten. Kein schöner Anblick! Gigantus trägt seinen Namen nicht umsonst: Er ist ein gewaltiger Kampfroboter, bestimmt zehn Stockwerke hoch!

DANIEL Ein Sinnbild perfekter, tödlicher Technik! Sein Metallkörper glänzte, wenn ein Lichtstrahl der fernen Sonne ihn traf …

BEN Sag mal, tippst du gerade die Werbung von der Hülle ab?

DANIEL Jetzt bring mich nicht raus! Gigantus muss man richtig beschreiben, sonst kapiert keiner, warum er so ein mächtiger Gegner ist. Falls das Spiel noch nicht ganz klar ist: Auf allen Planeten, die wir bis jetzt erreicht hatten, mussten wir gegen irgendwas kämpfen. Weltraumpiraten, Monster und Schwärme von Metallkäfern. Natürlich hatten die alle irgendeine Schwäche, man musste sie nur genau beobachten.

PIPIFAX-GEGNER FÜR UNS!

BEN Ja, und *genau beobachten* ist eben Daniels Ding. Wenn er sich in eine Sache verbeißt, dann probiert er mit nervtötender Geduld jede Taktik aus. Ich komme schneller zum Ziel, indem ich einfach mache.

DANIEL Stimmt! Mal passt dein Bauchgefühl,

mal meine Taktik. Aber Gigantus haben wir mit beidem nicht geknackt. Er war anders als die bisherigen Gegner: ein unbesiegbarer (leider nicht ganz doofer) Kampfroboter mit vier !!!! Greifarmen, die alles bekämpften, das sich den Minen von Molos auch nur näherte. Aber irgendwie mussten wir an ihm vorbei!
Wir schwebten also gerade vor ihm in der Luft und ich sagte zu Ben: „Der Eingang liegt direkt hinter ihm."
Ich deutete auf ein schwarzes Loch im Felsen.
Ben nickte. „War ja klar! Und Gigantus steht davor wie ein Torwart beim Elfmeter."
Der Vergleich passte. Nur dass wir der Ball waren. Und ein echter Ball hat deutlich mehr Knautschzone, wenn man ihn tritt.
„Neue Ideen?", fragte ich. Eigentlich hatten wir alle denkbaren Strategien schon ausprobiert.
Ben reagierte wie immer ganz spontan: „Versuch es doch einfach mit Ausweichbewegungen. Dann ziehst du den Jet plötzlich runter, durch die Beine, und *schwups* sind wir die Sieger!"
„Oder die Opfer", murmelte ich.
Aber wie meistens hörte ich auf ihn. Ich atmete tief ein, fixierte den Gegner, legte die Hand an den Steuerknüppel – und drückte ihn ganz nach vorn.

BEN Und da fing der Ärger an …

TYPISCH!

DANIEL Kann man so sagen. Die Tür flog auf (die echte!) und Mama kam rein. Natürlich ohne zu klopfen.
„Sitzt ihr schon wieder vor der Kiste? Ich glaub's ja nicht!"
Mist!, dachte ich. War sie heute früher von der Arbeit zurück? Oder hatten wir die Zeit aus den Augen verloren?
„Pass auf, Daniel!", flüsterte Ben.
Doppel-Mist! Mama hatte mich eine Sekunde abgelenkt – zu lange. Aus den Augenwinkeln konnte ich gerade noch erkennen, wie eine Riesenfaust meinen Kampfjet zerschmetterte und ihn gegen die Felsen von Molos donnerte. Dann rieselten ein paar Trümmerteile über den Bildschirm. Und mit gemeiner Endgültigkeit erschienen die Buchstaben GAME OVER.
„Na guck mal, dann passt es doch gerade", sagte meine Mutter ohne Mitleid. „An der Stelle hättet ihr sowieso nicht weitermachen können. Speichern und ausmachen!"
Mütter! Welcher Depp speichert denn, wenn er gerade atomisiert wurde?

BEN „Nur noch ein paar Minuten!", bettelten wir.

DANIEL „Keine Widerrede!", schimpfte Mama und dabei hatte sie diesen Du-

weißt-warum-Blick drauf. Da ahnte ich schon: Da kam noch irgendwas nach.
„Rate mal, wen ich gerade im Treppenhaus getroffen habe."
Oh-oh!
„Frau Kramer!", beantwortete sie ihre Frage selbst. „Und was hat sie mir so ganz nebenbei erzählt? Dass du am Mittwoch Mathe und am Freitag Englisch schreibst. Wann wolltest du das eigentlich erwähnen? Morgen *ist* Mittwoch!"

Ich biss mir auf die Lippen. Hatte eigentlich noch ein anderer Junge auf dieser Welt das Riesenglück, im selben Haus zu wohnen wie seine Klassenlehrerin?

BEN Nee, aber der beste Freund dieses Jungen zu sein, ist nicht viel leichter. Ich laufe ihr ja auch ständig vor die Füße.

DANIEL Du schon, aber wenigstens nicht deine Mutter! Meine findet es nämlich „praktisch", die Kramer ständig zu treffen.
Jedenfalls sagte sie dann (in einem Ton, in dem ein Richter ein Todesurteil verkündet): „Heute ist also Üben angesagt!" Und mit einem Seitenblick auf Ben fügte sie hinzu: „Du musst doch bestimmt auch noch was für Mathe tun?

Wie wär's, wenn ihr beide ein bisschen lernt? Jeder für sich."
Eine deutliche Aufforderung an Ben, sofort zu gehen. Warum sagen Eltern eigentlich immer „ein bisschen", wenn sie den Rest des Tages meinen?
Natürlich gingen wir betont langsam die Treppe runter. Jede Sekunde ohne Lernen war eine gute Sekunde. !
„Und? Versuchen wir es morgen noch mal?", fragte ich Ben.
Er grinste. „Was heißt hier versuchen? Nach der Schule machen wir den Metallhaufen platt!"
Wenn wir da nur schon geahnt hätten, wie weit wir mit unserer Vorfreude danebenlagen.

LEVEL 2

Pausenhof-Jedi

DANIEL Ben meinte eben, dass ich uns beide noch gar nicht richtig vorgestellt habe. Da hat er ja recht!

Ben ist eigentlich das genaue Gegenteil von mir. Schon äußerlich: Er ist einen halben Kopf größer als ich und hat ziemlich kurze dunkelbraune Haare, ich habe hellblonde Zotteln. Aber auch sonst sind wir wie zwei Welten. Ben ist richtig gut in Sprachen und Sport – er liebt Fußball – , aber Mathe ist für ihn der blanke Horror. Ich mag Mathe, doch das bleibt jetzt besser unter uns, okay? Dafür kann man mich mit Sport und Sprachen jagen.

Trotzdem haben wir zwei uns auf Anhieb super verstanden, seit wir in der ersten Klasse nebeneinandergesetzt wurden. Warum? Na ja, wir waren damals die Ersten, die schon einen

Nintendo hatten. In den Pausen haben wir ständig über unsere Spiele geredet und damit alle tierisch genervt.
Heute spielt meistens jeder von uns ein neues Game und zeigt dann dem anderen, worauf es ankommt. Oder der eine springt ein, wo der andere nicht weiterweiß. Ben fehlt ja oft die Geduld, um nach einer Lösung zu suchen …

BEN Hallo? Du meinst wohl dein ewiges Herumtüfteln an der richtigen Taktik, bis der Gegner vor Langeweile eingeschlafen ist?

DANIEL Lass mich doch ausreden! Dafür punktet Ben immer wieder, indem er einfach *handelt*. Und meistens funktioniert auch, was er macht. Er hat einen erstaunlich guten Instinkt. Als Mr. Ehrgeiz und Mr. Bauchgefühl sind wir natürlich doppelt so schnell wie andere Gamer und können ihnen gute Tipps geben. Wer ein Problem hat, kommt damit zu uns. So wie an diesem Katastrophen-Mittwoch, den wir nie vergessen werden.

Unter der großen Kastanie standen die Leute, die jeden Punkt und jedes Komma der Mathearbeit noch mal durchhecheln mussten. Dahin hatte sich auch der Neue verirrt, der am Morgen in unserer Klasse aufgetaucht war. Ein Typ mit feuerroten Haaren und Hornbrille. Sein erster Tag – und er musste gleich Mathe mitschreiben! Er tat mir richtig leid.

BEN Na, komm! Die Kramer hat seine Arbeit ja nicht gewertet.

DANIEL Ich meinte, weil er in der falschen Gruppe stand. Wir jedenfalls waren auf der anderen Seite vom Hof, bei den Fahrradständern. Ben und ich und noch sechs Leute.

HIER SPIELT DIE MUSIK!

BEN Eigentlich sind es immer dieselben. Justin war wie immer nur dabei, weil er protzen musste, wie teuer sein neuer Computer gewesen war. Kai hatte gerade ein Spiel mit Grabräubern und Mumien und kam mit seiner Steuerung nicht klar. (Daniel gab ihm den Tipp, einfach auf die Pfeiltasten umzustellen.) Melanie mühte sich mit einem Aufbauspiel ab. Dabei ging es um die Besiedlung von Inseln. (Ihr Problem war lösbar: Sie hatte sich nicht getraut, mit den Piraten zu handeln, aber nur die hatten Werkzeug.) Dann war da noch David. Er hat sich für meinen Tipp beim Autorennen bedankt. Und Patrick steckte in einem Fantasyspiel

fest. Mal wieder. Sein Problem war immer das gleiche, aber das peilte er nicht: null Geduld. Er raste durch das Spiel, als würde sein Hintern brennen.

DANIEL Für meinen Tipp (dass Patrick einfach mit allen Figuren reden musste) bedankte er sich und schlug mir auf die Schulter. „Genial! Wenn ich euch mal helfen kann, sagt Bescheid. Spielt ihr immer noch dieses *Space Agents*? Vielleicht hab ich ja einen Tipp für euch."

BEN Ha, der war gut! Patrick ist bei Level 6 ausgestiegen. Wir waren bei Level 20! Inzwischen kannte ich die Tricks unserer Gegner – und Daniel flog den Jet, als wäre er wirklich auf der Raumakademie gewesen.

DANIEL Danke! Soll ich reinschreiben, dass ich gerade rot werde?

BEN Lass den Quatsch! Mach einfach weiter.

DANIEL Wo war ich? Stimmt, bei Patrick! Er kam auf die geniale Lösung: „Und wenn ihr das letzte Level einfach weglasst?"
Weglassen???
„Das wäre doch, als würde man wie verrückt für eine Klassenarbeit lernen und dann nicht hingehen", stieß ich hervor. „Seit Wochen suchen wir die übelsten Planeten der Galaxie ab. Überall verstreut liegen Teile einer Maschine, mit der wir am Ende die Erde retten können. Vor monstermäßigen Außerirdischen. Und diese Maschine ist die einzige, die sie besiegen kann. Das ist der *Sinn* des Ganzen! Das muss einen Wahnsinns-Showdown geben!"

BEN „Der muss echt gigantisch sein! Und wir sind soooo kurz davor!"

DANIEL Und dann kippte die Stimmung.*
„Kurz davor waren schon viele", sagte eine Stimme hinter Patrick. „Aber weiter geht's nicht. Das ist ein *Bug*."
Alle drehten sich um, und jemand drängelte sich durch, bis er vor mir stand. Es war der Neue. An den Namen konnte ich mich nicht

* VON 0 AUF 100 IN 1 SEKUNDE

erinnern. Andalf? Adalbert? Alfons? Irgendwas mit A.

BEN Aaron.

DANIEL Okay, dann halt irgendwas mit zwei A.
„Du weißt doch, was ein Bug ist?", fragte er mich.
Hatte er das gerade mich gefragt? *Mich!* !!!

BEN Ja, wahrscheinlich, weil du in dem Moment etwas dämlich geguckt hast.

DANIEL Nicht dämlicher als du. Aber kein Wunder, so wie der uns überfahren hat! Und dann erklärte er uns *(uns!)*: „Ein Bug ist ein Fehler. Das Spiel ist falsch programmiert. Der Hersteller ist pleite gegangen, kurz nachdem das Spiel rauskam. Deshalb konnte er keinen Patch mehr ins Netz stellen, also keine Nachbesserung."
„Woher willst *du* das wissen?", fragte Ben.
Leider bekam er auch eine Antwort. „Mein großer Bruder hat für die Firma gearbeitet und war dabei, als *Space Agents* entwickelt wurde."
Das hättet ihr sehen müssen! Dieser Satz wirkte, als hätte der Typ mitten auf dem Pausenhof sein Laserschwert gezückt. Sein Bruder

war *Spiele-Entwickler*? Unsere Freunde wandten sich Aaron zu und ließen Ben und mich stehen wie einen kaputten Automaten, aus dem nichts mehr rauszuholen war.

BEN Ja, und genau zu dem Zeitpunkt hätten wir gehen sollen, dann wäre das alles sicher nie passiert. Aber da drängelte sich Aaron zurück zu uns. „Ihr werdet im Internet keine Cheats finden", sagte er. „Ihr wisst doch, was Cheats sind?"
Jetzt waren wir aber wirklich kurz vorm Platzen! Hielt der uns für den harten Kern der Häkel-AG, oder was?

DANIEL „Cheats sind Schummel-Codes, mit denen man in einem Computerspiel weiterkommt", erwiderte ich lässig. „Aber das ist was für Sonntagsgamer ohne Ehrgeiz. *Wir* benutzen so was nicht."
Der selbst ernannte Spieleexperte nickte –

mit so einem nervigen, oberschlauen Lächeln. „Gute Einstellung. Aber in dem Fall seid ihr aufgeschmissen." Er zwinkerte uns zu. (Und ich hasse Zwinkern!)

„Lieber aufgeschmissen als zu betrügen", gab ich zurück. „Da drückt man irgendwas mit Steuerung und Alt, und plötzlich hat man gewonnen. Ist doch blöd!"

„Manchmal eröffnet ein Cheat ungeahnte Möglichkeiten", sagte Aaron geheimnisvoll. „Also, wenn ihr so weit seid, dass ihr meinen Rat annehmen wollt, sagt Bescheid. Okay?"

BEN In dem Moment konnte ich dir ansehen, dass du gleich irgendwas von dir geben würdest, was du später bereust. Deshalb hab ich dich weggezogen.

DANIEL *Du mich?* Ich war völlig ruhig. Aber du hattest ein knallrotes Gesicht. Da dachte ich mir: Gleich gibt's Ärger. Aus taktischen Gründen zog ich dich von Aaron weg und hob nur lässig die Hand. Das konnte „Tschüss!" heißen oder auch „Fahr zur Hölle!".

LEVEL 3

Robo-Futter

KENNT IHR DOCH, ODER?

DANIEL Nach der sechsten Stunde zog uns ein fast magischer Sog zurück an meinen Computer, vor dem wir am liebsten zu zweit spielten. Wir wollten gleich wieder in unseren Jet steigen. (Natürlich an der Stelle, wo er noch nicht zu Weltraumstaub zerfallen war.) *Wir* brauchten doch keine Cheats! Wir hatten bisher alles geschafft. Und wir waren ganz heiß darauf, es Gigantus endlich zu zeigen!

Unsere erste Mission nach der Schule war allerdings eine völlig andere. Nix mit Weltraumhelden und Kampfrobotern. Nix in Level 20, sondern im Treppenhaus, zwischen dem Erdgeschoss und dem vierten Stock. Der Gegner hatte auch keine Laserwaffen, sondern eine rote Brille und hochgesteckte graue Haare: unsere Klassenlehrerin.

BEN Sie stand heftig keuchend hinter der Haustür, neben sich ihre Ledertasche und vier prall gefüllte Einkaufstüten. Als sie uns sah, leuchtete ihr Gesicht auf.

Ach, echt?

„Euch schickt der Himmel! Aus dem Auto habe ich die Tüten ja gerade noch geschafft, aber … ihr hättet nicht zufällig Lust, mir beim Hochtragen zu helfen?"

Wir nickten ergeben. Mit Lust hatte das nun wirklich nichts zu tun, aber wir konnten ja schlecht Nein sagen. (Schon gar nicht, bevor sie unsere Mathearbeit korrigiert hatte.)

DANIEL Na ja, es gibt schlimmere Lehrer als Frau Kramer, und sie hat es eben in den Knien.

Und ich glaube, sie ist eigentlich auf unserer Seite. Sonst hätte sie meiner Mutter schon ganz andere Dinge aus der Schule erzählt …

BEN Du meinst, das ist der Deal? Wir schleppen, sie schweigt?

DANIEL Na ja, so würde ich es jetzt auch nicht sagen … Egal, jedenfalls schnappten wir uns jeweils zwei Tüten und sprinteten damit an ihr vorbei in den vierten Stock, wo wir die Einkäufe vor ihre Wohnungstür stellten.
„Das ist lieb von euch!", sagte sie mit einem breiten Lächeln, als wir auf dem Rückweg wieder an ihr vorbeikamen. Wir grinsten zurück, aber mehr Geduld konnte niemand von uns erwarten. Tür auf, ohne Umwege in mein Zimmer, Computer an!
In den nächsten zwei Stunden zockten wir, was das Zeug hielt. Und Gigantus schien mit jedem neuen Versuch zu wachsen. Er war einfach unzerstörbar! Und lernfähig. Immer wieder passte er sich unseren Strategien an und immer wieder prasselten uns die Einzelteile des Jets nur so um die Ohren.
Ich wurde immer verzweifelter. Schließlich schlug ich sogar vor, das Spiel noch mal komplett neu zu starten.

BEN „Bist du irre?“, keuchte ich. „Alles auf Anfang? Dafür brauchen wir Wochen! Vielleicht hat Aaron ja doch recht mit dem Bug.“

DANIEL Aaron! Ich konnte es nicht fassen! *Wir* waren doch immer diejenigen, die alles geschafft haben! Da muss man doch nicht irgendeinem Neuling glauben, der den Einschaltknopf am Computer allein findet!

BEN Daniel tickte völlig aus. Sonst denkt er immer zehnmal nach, bevor sein Mund oder seine Hände sich bewegen. Aber diesmal hat sich alles gleichzeitig bewegt – ganz ohne Nachdenken.
Daniel brummte irgendwas über blöde Typen und blöde Cheats, während seine Finger die Tastatur klappern ließen. Innerhalb von Minuten durchforstete er alle Foren, in denen über Spiele diskutiert wird. Da findet man alles: Komplettlösungen, Tipps und Cheats. Von allen Spielen dieser Welt. Nur von unserem nicht. Und weil Daniel absolut hilflos aussah, fühlte ich mich unter Druck gesetzt.
Da habe ich das Erstbeste getan, was mir einfiel. Ich schob Daniel zur Seite und startete das Spiel zum gefühlt hunderttausendsten Mal. Dann flog ich mit einem Wahnsinnstempo über die steinige Wüste von Molos. Ich sah, wie sich ein riesiger Schatten zwischen den Felsen erhob. Sah, wie sich diese tödliche Maschine vor mir aufbaute und wie

sich unser Untergang schon in ihren Augen spiegelte …

DANIEL Komm auf den Punkt: Und dann hast du gecheatet.

OH-OH!

BEN Nicht bewusst! Hastig riss ich den Jet herum und drückte irgendeine Tastenkombination. Pure Verzweiflung!
Fast im gleichen Moment spürte ich, dass etwas anders war. Der Jet flog das Wendemanöver, aber ich verlor die Kontrolle. Als hätte mir jemand den Steuerknüppel aus der Hand gerissen. Auf einmal sah ich auf dem Monitor unser Raumschiff von außen anstatt von innen. Ganz klar: Ich war nicht mehr der Pilot!
Ich starrte wie gebannt auf die Spitze des Jets, der direkt auf mich zuflog. Dicht hinter ihm folgte Gigantus.
Instinktiv duckte ich mich zur Seite. Wie peinlich!

DANIEL Wieso peinlich? Ich bin ja auch in Deckung gegangen. Zum Glück, denn knapp über uns zersplitterte der Monitor.

BEN Ja, die Splitter rieselten in meinen Nacken. Ich dachte schon, der Nachbar wäre mit der Bohrmaschine durch die Wand gebrochen, beim Versuch, einen Dübel zu setzen.

Kawumm!

DANIEL Quatsch! Mir war sofort klar, dass irgendwas aus dem Bildschirm ins Zimmer gesaust war. Schließlich hab ich den Windzug gespürt. Aber wer denkt denn an so was? Als ich wieder hochkam, sah ich ihn. *Unseren* Jet aus dem Spiel! Ihr glaubt, das ist jetzt ein Tippfehler oder so? Nein! Er flog direkt an meinem Ohr vorbei und raste auf die Wand zu. Auf mein Star-Wars-Poster!
Er war viel zu schnell. Gleich würde er wieder aus Einzelteilen bestehen – diesmal jedoch aus echten. Aber kurz bevor das passieren konnte, wurde das Steuer herumgerissen. Der Flieger, der gerade mal dreißig Zentimeter lang war, legte eine Notlandung hin, bis er gegen mein Regal knallte. Jetzt konnte ich sogar riechen, dass das alles hier real sein musste, denn Spiele riechen nicht. Schon gar nicht nach verbranntem Teppich.

BEN Ich warf Daniel einen Blick zu – in der wilden Hoffnung, dass er eine Erklärung für das hatte, was hier passierte. Hatte er natürlich nicht, er starrte nur wie gebannt auf seinen Monitor. Ach du heilige Bratwurst! Kaputter ging's nicht!
Aber das war es nicht, was ihn so nervös machte. Aus dem Schwarz des toten Bildschirms tauchte etwas Silbernes auf: ein Greifarm! Einer, der mir sehr bekannt vorkam. Drei weitere Greifarme folgten. Wie in Zeitlupe kam etwas Großes ins Zimmer!

DANIEL Gigantus – der echte Gigantus! Mit einem schmerzhaften Knacken brach der Rahmen des Monitors, als der Kampfroboter auf meinen Schreibtisch trat. Mit dem linken Metallfuß hinterließ er einen Staubabdruck auf meiner Mathe-Hausaufgabe. Sternenstaub vom Planeten Molos. (Das würde mir die Kramer nie glauben!) Mit dem rechten Fuß zerbrach er meinen Tintenkiller, als wäre er aus Schokolade. Dann wendete er ganz langsam den Kopf, bis er uns direkt ansah … als wären wir … Futter?

BEN So habe ich mich auch gefühlt, bei diesem Wesen aus Metall. Das war gigantisch!

DANIEL Na ja, nicht dass das falsch rüberkommt: So groß wie im Spiel war Gigantus natürlich nicht mehr. Vielleicht 80 Zentimeter.

BEN 80 Zentimeter *Metall*, das zählt doppelt!

DANIEL Auf jeden Fall groß genug, um sich auf uns zu stürzen. Aber sein Computerhirn brauch-

te wohl ein paar Sekunden, um sich neu zu orientieren.
Mein Hirn allerdings auch. Hier half kein Joystick mehr, aber vielleicht die Tastatur! Gigantus' Augen erfassten mich wie die Zielvorrichtung einer Waffe. Bevor er etwas tun konnte, das mir nicht gefiel, zog ich die Gardine zurück, riss das Fenster auf und griff nach der Tastatur. Dann holte ich damit aus und schlug zu.
Wie mit einem Tennisschläger.

BEN Verblüfft sahen wir Gigantus nach, der zwar durchs Fenster flog, aber nichts von den Gesetzen der Physik zu halten schien. Anstatt steil abwärts Richtung Gehweg zu stürzen, blieb er mitten in der Luft stehen. Sein Antrieb spotzte leicht, dann zündete er die Triebwerke unter seinen Metallfüßen und schoss in den Nachthimmel. Weg war er.
„Hast du das eben echt getan?", fragte ich. „Den unbesiegbaren Gigantus mit einer Tastatur ins All gekickt?"
Was mich daran wirklich umhaute, war, dass Daniel zum ersten Mal, seit wir uns kennen, spontan gewesen war.

DANIEL Das war nicht spontan. Es war logisch. Die einzig mögliche Taktik gegen einen überlegenen Gegner: ihn aus dem Spiel kicken, bevor er es merkt.

BEN Ähm, das *ist* spontan. Und ich konnte Daniels Gesicht ansehen, dass sein Denkapparat erst verspätet wieder einsetzte.
„Ich glaube, er wollte sowieso gerade gehen", murmelte er.
Das war so bescheuert, dass ich laut anfing zu lachen. Wir beide lachten, als hätten wir Seifenblasen im Kopf.

DANIEL „Ja, der ist jetzt auf dem Weg zum Mond!", prustete ich bei der Vorstellung, dass Gigantus endlich besiegt war.
„Wohl kaum", sagte eine Stimme hinter uns. „Seine Energie reicht nicht aus, um die Anziehungskraft dieses Planeten zu überwinden."
Ich drehte mich um, aber außer Ben war niemand zu sehen. Und aus dem kaputten Computer konnte ja nichts mehr kommen.
„Bis eben wussten wir immerhin, wo Gigantus sich aufhält", fügte die Stimme verärgert hinzu. „Jetzt ist er eine Gefahr, die jederzeit aus dem Nichts auftauchen kann."

LEVEL 4

Monstermüll

RADIO? HANDY? DURCH-GEKNALLT?

DANIEL Ben und ich warfen uns einen ratlosen Blick zu. Wo kam die Stimme her?

BEN Da bemerkte ich aus den Augenwinkeln, dass etwas unter das Bett huschte. Wie eine dicke Spinne oder eine Maus. Doch als ich näher hinsah, fielen mir fast die Augen aus dem Kopf. Daniels Blick war ähnlich belämmert wie meiner.

DANIEL Wir konnten es kaum fassen. Hinter einem der Bettpfosten standen zwei winzige Gestalten, die sich vor uns versteckten. Ich weiß, was ihr denkt: dass es Playmobilfiguren waren. Die Größe hätte auch gepasst, aber die beiden *bewegten* sich. Sie streckten ihre Köpfe um die Ecke und umklammerten den Pfosten mit ihren Händen. Es waren Minimenschen!

„Hallo?“, sagte ich. (Genialer Erstkontakt, ich weiß, aber mir fiel nichts Besseres ein.)
Die Gestalten zogen sich erschrocken zurück und tuschelten.
„Wer seid ihr?“, stieß Ben hervor.
Eine Weile blieb es still. Dann streckte der linke der beiden wieder den Kopf hervor. „Wo sind wir hier gelandet?“
„In Goslar. Im Harz“, antwortete ich. „Niedersachsen.“
„Was war jetzt der Name des Planeten?“, kam es unter dem Bett hervor. „Imharz?“
Irgendwas piepte, dann folgte ein *Bong!* – wie bei meinem Computer, wenn er einen Befehl nicht ausführen konnte.
„Gibt’s nicht auf meiner Sternenkarte.“
„Sternenkarte?“, kicherte ich. „Goslar liegt links vom Jupiter, mit Blick auf den Andromeda-Nebel.“

Unter dem Bett piepte es schon wieder, als würde jemand die neuen Infos eintippen. Dann machte es: *Bong! Bong!*
Ben warf mir einen Mörderblick zu.

BEN Das war auch unfair, schließlich waren die beiden fremd hier.
„Wie heißt der *Planet*?“, fragte die Stimme jetzt in einem Ton, als hielte sie uns für Vollpfosten. „Und wie viele Punkte bringt er?“
Ups! Den letzten Teil der Frage ließ ich mal lieber unbeantwortet.
„Der Planet heißt Erde“, erwiderte ich.

DANIEL Das hat die beiden Bruchpiloten ziemlich aufgescheucht. Nun schoss auch der zweite Kopf hinter dem Bettpfosten hervor.
„Erde?“, wiederholte der linke Typ, offenbar der Anführer. „Du lügst! *Wir* kommen von der Erde – und da gibt es keine Monster.“
„Monster? Wo?“
Hastig sah ich mich um. Waren noch mehr Wesen aus dem Spiel in meinem Zimmer gelandet?

BEN Hahahahaha! Ich könnte mich jetzt noch darüber schlapplachen, wie du auf der Leitung gestanden hast!

DANIEL Lach nur! Aber dann hab ich's ja begriffen! Natürlich waren wir für die beiden so was wie King Kong und Godzilla. Und dann gab Ben mir ein seltsames Zeichen.

BEN Seltsam? Das war doch eindeutig! Ich formte mit der Hand eine Pistole, um dich zu warnen. Das sollte heißen: Wenn die beiden wirklich aus *Space Agents* kamen, waren sie garantiert bewaffnet. Mit zwei schnellen Schritten war ich beim Bett und setzte mich darauf, um außerhalb der Schussweite zu sein.

DANIEL Das muss man sich mal vorstellen: Godzilla flieht vor zwei Playmobilmännchen.

BEN Jetzt tu nicht so. Du warst genauso nervös wie ich.

DANIEL Okay, Ben hatte vielleicht nicht völlig unrecht. Aber irgendwie konnte ich die kleinen Piloten zu dem Zeitpunkt noch nicht ganz ernst nehmen. Zugegeben: ein Fehler!

Jedenfalls sagte ich mit beruhigender Stimme: „Hört mal, wir sind keine Monster. Wir haben euch doch gerade Gigantus vom Hals geschafft."

Wieder war ein Tuscheln zu hören. Es klang nach: „Was redet das Monster da für einen Müll?"

Natürlich hatte ich keine Lust, mich in *meinem* Zimmer beleidigen zu lassen. Schon gar nicht von diesen Minikriegern, die ich eben noch selbst gesteuert hatte! Um ihnen klarzumachen, dass ich kein ahnungsloser Depp war, sagte ich: „Gigantus war doch eine ernsthafte Bedrohung für euch, oder? Im Gegensatz zu den Zombies in der Nebelstadt auf Alannon. Oder den fliegenden Metallkäfern auf Ikaria …"

Der linke Typ trat einen Schritt aus der Deckung und war nun zum ersten Mal richtig erkennbar. Er trug einen engen weißen Raumanzug und einen Helm unter dem Arm. Ehrlich gesagt, sah er ziemlich cool aus.

„Woher weißt du das?", zischte er. „Niemand wusste von unserer Mission! Es sei denn, dieser Niemand hätte einen Peilsender und eine Kamera an unserem Schiff befestigt … Bist du ein Spion der Venjaner?"

BEN Ein Brüller!

Hahahahaha!

DANIEL Schön, dass wenigstens du Spaß hattest. Der hielt *uns* für Venjaner? (Das sind die Außerirdischen, die am Anfang des Spiels die Erde überfallen: abstoßende, zweibeinige Fischmonster mit ausgefransten, hässlichen Mäulern.)
„Willst du damit sagen, dass ich wie ein Fischmaul aussehe?", fragte ich, damit dieser Winzling mich mal gründlich ansah.
Aber er verstand meine Frage wohl als Drohung und wich bis zum Bettpfosten zurück. Seine Klappe wurde dabei allerdings nicht kleiner.
„Woher weißt du so viel über uns? Du musst uns abgehört haben! Für wen arbeitest du?", schoss es nur so aus ihm heraus.

BEN Natürlich wollte ich Daniel nicht allein lassen und kam vom Bett wieder herunter.
„Wir arbeiten für niemanden – außer euch!", erwiderte ich. „Wir haben euch doch gelenkt, immer abwechselnd. Die Metallkäfer mit Wasser zu beschießen, damit sie rosten, war zum Beispiel meine Idee. Wenn es auf Molos Wasser gegeben hätte, hätten wir das auch bei Gigantus gemacht."

„Er hat eine Schutzlegierung, bei ihm funktioniert das nicht“, wandte der Ruhigere der beiden Piloten ein.

DANIEL „Und die Zombies habe ich ausgetrickst”, sagte ich, weil ich nämlich ziemlich stolz darauf gewesen war, dass ich ein Muster in ihren Bewegungsabläufen gefunden hatte.
„Na toll, ihr Helden!”, stieß der kleine Anführer hervor und blickte mit geschwellter Brust zu uns hoch. „Und warum habe *ich* dann am Steuer des Jets gesessen?”
„Weil es ein Spiel ist”, erwiderte ich. „Ihr seid gerade aus meinem Computer in die Wirklichkeit gedonnert.” Mit dem Kinn nickte ich in Richtung des zersplitterten Monitors. „Vorher gab es euch gar nicht. Na ja, höchstens als Idee.”
Erst als ich es ausgesprochen hatte, wurde mir klar, was das für sie bedeuten musste. Was war das wohl für ein Gefühl, wenn man begriff, dass man bloß eine Spielfigur war?

PSSSSSST!

BEN Die Sorge hättest du nicht haben müssen. Logik konnte ihm nichts anhaben.

DANIEL Stimmt, aber da kannte ich ihn ja noch nicht so gut.
„So ein Unsinn!”, stieß er hervor. „Auf deine Psycho-Tricks fallen wir bestimmt nicht rein!”

FRiTT
FRiTT
FRiTT
FRiTT
FRiTT
FRiTT
FRiTT
FRiTT

Und dann ging die Post ab!
Er gab seinem Kopiloten ein Handzeichen, und mit einem kurzen Sprint und einer Rolle vorwärts schafften sie es an mir vorbei bis zum Regal. Als ich mich zu ihnen herunterbücken wollte, streckten sie ihren rechten Arm in die Luft und ein dünnes Seil schoss aus dem Ärmel jedes Piloten – bis in eins der oberen Regalfächer! Wie in einem Actionfilm!
Oben wickelten sich die Seile um eine Buchstütze, und in Sekundenschnelle sausten die beiden Miniagenten hinauf. Neben das Raumschiffmodell, das ich erst letzte Woche fertig gebaut hatte.
Eindrucksvoller Auftritt, aber was war der Sinn? Als sie an meinem Plastikraumschiff herumrüttelten, machte es Klick bei mir: Für die Flucht brauchten sie ein Raumfahrzeug. Und ihr Jet war Schrott.
„Wie geht diese verdammte Kiste nur auf?", rief der Anführer, während er mit der Faust auf die aufgemalten Knöpfe neben der aufgemalten Tür schlug.
„Gar nicht!", erwiderte ich. „Und wenn doch, gibt's Ärger!"

ABER SO WAS VON!

BEN Das kommt jetzt ein bisschen falsch rüber. Daniel ist gar nicht so leicht zu ärgern – außer, es geht um seine heiß geliebten Modelle. Die darf

niemand anfassen, und Chals Randale ging über Anfassen weit hinaus …
Den Namen kannten wir damals natürlich noch nicht, aber dieses *der Anführer* und *der andere* verwirrt euch doch bestimmt. Also, der Draufgängertyp heißt Chal. Das spricht man Englisch aus, wie „Tschäl“. Und sein Kopilot, der ihn oft bremst, bevor er gegen die Wand rennen kann, heißt Jess.

DANIEL Wer erzählt denn jetzt wieder die Mitte zuerst? Kann ich weitermachen?
Ben hat ja recht: An dem Raumschiffmodell hatte ich wochenlang gebastelt. Und dann geht dieser Randalierer darauf los, als wollte er es falten, bis es in ein Überraschungsei passt! Deshalb griff ich nach dem Schiff und stellte es in ein anderes Fach.
Leider etwas ruckartig, jedenfalls hätte ich beinahe die beiden Piloten aus dem Regal gefegt. Aus ihrer Sicht war das Ganze natürlich eine Art Angriff. Verständlich! Das Raumschiff über ihren Köpfen war zehnmal so groß wie sie selbst. Und es sah wohl so aus, als wollte ich sie mit dem Ding erschlagen.
Gleich darauf machten sie wieder ihre agentenmäßigen Handzeichen, rollten sich seitlich weg …

ICH = RIESENTROLL :)

BEN … und dann steppte der Bär!

LEVEL 5

Helden spielen nicht

DANIEL Ja, die zwei waren der Hammer! Chal richtete seinen rechten Arm auf meine Deckenlampe. Wieder schoss ein Seil aus irgendeiner Öffnung. Und kaum hatte sich das Seil um das Kabel an der Decke geschlungen, sauste er daran hängend quer durchs Zimmer wie Tarzan. Während ich mich noch fragte, was der Quatsch wohl sollte, schoss ein zweites Seil aus seinem linken Ärmel.

Es flog wie eine Luftschlange um mich herum. Aber als Chal auf dem Schreibtisch landete, ließ er das Seil in seinen Ärmel zurückschnappen – und es zog an. Und ich fühlte mich so frei wie eine Roulade. URGS!

Ben starrte mich mit offenem Mund an, sodass er leider nicht mitbekam, dass Jess gerade die Tarzannummer nachmachte. In Sekundenschnel-

le waren wir beide gefesselt. Von zwei sehr fitten Playmobilfiguren!

BEN Ja, echt peinlich! Anfangs lachten wir noch, weil wir dachten, es wäre ein blöder Scherz.

DANIEL Ich hab nicht gelacht!

BEN Doch, hast du! Bis du versucht hast, deine Arme zu bewegen, und der Faden fest in deine Haut schnitt. Da haben wir's dann kapiert …

DANIEL Nämlich dass wir in ernsten Schwierigkeiten steckten. Mit jedem Befreiungsversuch zogen sich die Fesseln enger um uns. Und die beiden Weltraumhelden standen ganz entspannt vor uns und sahen uns an, als wären wir zuckende Fische an ihren Angelhaken.
„Jetzt können wir endlich auf Augenhöhe reden", sagte Chal. (Dabei stand er auf dem Schreibtisch und somit eher auf meiner Hüfthöhe.) „Sprechen wir also über die Bedingungen für eure Freilassung."
Na, da war ich ja mal gespannt.
„Ihr gebt uns euer Raumschiff", fuhr er trocken fort. „Es ist sowieso zu klein für euch. Und wir versprechen euch, dass wir euren Planeten sofort verlassen."

„Ist das euer Ernst?"
„Natürlich!" Er verdrehte die Augen, als wäre ich schwer von Begriff. „Unsere Sensoren zeigen, dass es hier keine versteckten Items mehr gibt. Diese Welt bringt uns nicht weiter."

Versteckte Items? Dieser Typ redete, als wäre er noch in seinem Spiel. Aber er glaubte nicht, dass es ein Spiel war …
Ich zögerte. Mir war absolut nicht danach, ihm zu erklären, dass seine Situation noch viel schlimmer war, als er dachte. Aber irgendwie mussten wir ja ins Gespräch kommen, sonst würden Ben und ich am nächsten Tag noch zur Schule hüpfen müssen.
Was sollte ich tun? Ihm das Raumschiff geben und zusehen, wie er vergeblich versuchte, damit ins All zu fliegen? Andererseits: Das war ja nicht mein Problem …
„Ihr habt gewonnen", sagte ich schließlich. „Das Raumschiff ist allerdings nicht leicht zu fliegen. Ich müsste euch erst alles erklären."

„Perfekt!“ Auf Chals Gesicht erschien ein triumphierendes Lächeln.
„Aber keine Kratzer an meinem Schiff, klar?“, warnte ich ihn. „Es ist sehr empfindlich.“
Er nickte schweigend, aber sein Blick sagte mir: Ich habe schon mehr Schiffe geflogen als du in einer Stunde malen kannst!
„Und ihr müsst uns natürlich losbinden“, fügte ich hinzu. „Sonst kann ich euch das Mo…, das Schiff ja nicht zeigen.“
Chals Lächeln verschwand.
„Du glaubst doch nicht, dass ich Monstern von fremden Planeten traue? Wir stellen hier die Bedingungen.“

Als sein Freund Jess mir in die Augen sah, war mir, als könnte er in mein Innerstes schauen. Dann legte er eine Hand auf Chals Arm. „Ich habe die beiden vorhin gescannt“, sagte er und zog ein Gerät aus seinem Ärmel, das aussah wie eine Lupe mit bunten Lichtern auf der Glasfläche. Als er sie auf mich richtete, blinkten die Lichter auf. „Siehst du? Der Mageninhalt ist unauffällig. Diese Monster sind Allesfresser. Kein Raubtiergebiss. Und ihre Fitness ist für echte Jäger zu lasch.“

Wie war der denn drauf? Aber ich war schlau genug, die Klappe zu halten.
„Wir binden erst einmal nur dich los", sagte Chal so herablassend, als wäre er der Riese und ich der Zwerg. „Und wenn du versuchst, uns anzugreifen …" Er überlegte einen Moment, während er sich auf dem Schreibtisch umsah. „… dann wirft mein Kopilot eine Plasma-Granate auf dieses wertvolle Schriftstück."
Mit ausgestrecktem Arm deutete er auf meine Hausaufgaben neben dem Monitor. Wertvoll? Prozentrechnung? Andererseits wollte ich nicht, dass eine Plasma-Granate mitten in meinem Zimmer explodierte.
„Geht klar", sagte ich.

BEN Schön, dass du dir Sorgen um dein Zimmer gemacht hast! Ich konnte ja ruhig noch eine Weile eingeschnürt bleiben …

DANIEL Was blieb mir anderes übrig, als auf den Deal einzugehen? Ich hob also das Schiffsmodell vom Regal auf den Boden. Chal und Jess kamen sofort vom Tisch herunter, und in ihren Augen konnte man echten Besitzerstolz lesen. Endlich wusste mal jemand eins meiner Modelle richtig zu würdigen, den schnittigen Rumpf und die vielen Feinheiten.

BEN Krieg dich wieder ein! Die Jungs wollten zurück nach Hause und glaubten, dass die Plastikkiste fliegen könnte.

DANIEL Okay, *die* Illusion musste ich ihnen leider nehmen. Ein echtes Opfer für mich, weil ich mein Werk dafür auseinandernehmen musste. Aber zum Glück schaffte ich es, das Oberteil so vom Unterbau zu lösen, dass ich später nur die Klebnaht erneuern musste.

Verdammter Weltraumfurz!

BEN Die Gesichter der beiden hätte ich gern gefilmt und auf Youtube hochgeladen. Ich konnte sofort sehen, was sie dachten: Nur ein Spielzeug!

DANIEL Modelle sind doch kein *Spielzeug*! Na ja, dass Chal und Jess entsetzt waren, konnte ich natürlich verstehen. Vor ihnen stand die windschnittige Erfüllung ihrer Träume – und im Innern gab es statt bequemer Sitze mit blinkenden Armaturen nur graues Plastik.
„Ich würde euch mein Raumschiff ja geben, wenn es euch etwas nützen würde", sagte ich so sanft wie möglich. „Aber wenn ihr zurück in eure Welt wollt, haben wir ein Problem. Und damit meine ich nicht das Raumschiff, sondern das Tor zurück in eure Welt."
Ich deutete auf den kaputten Monitor.

BEN Da hätten sie es eigentlich kapieren müssen. Aber gerade Chal lässt sich ja nichts sagen.

DANIEL „Erzähl mir nicht, dass du keine anderen Schiffe hast!", schimpfte er. „Ich habe das Verkaufsplakat für deine Kunden gesehen. Wir wären ja beinahe daran zerschellt."
Er deutete auf mein Star-Wars-Poster.
„Das beweist es doch! Wer würde sich sonst Bilder von Raumschiffen aufhängen, wenn nicht ein Händler?"

BEN Entschuldige, wenn ich da gelacht habe. Du und ein Raumschiff-Verkäufer! Und Chals Gesicht, als du ihm erklärt hast, dass du nur ein Schüler bist und noch nie ein echtes Raumschiff gesehen hast.
„Es wird aber doch selbst in dieser Popelwelt welche geben?", regte sich der kleine Pilot auf.

DANIEL Ja, ein Dickkopf wie ein Rammbock vorm Burgtor! Ich erklärte ihm, dass im Moment nur die Russen und die Chinesen Raketen haben, mit denen Menschen ins All fliegen können. Und dass man damit aber nicht viel weiter kommt als bis in die Umlaufbahn. Bestenfalls zum Mond.
Er murmelte etwas, das wie „Kinderkacke" klang. Aber er fragte mich dann trotzdem, ob ich ihn zu einem Raumhafen bringen könnte, um so ein Ding zu kaufen.
Ich musste laut lachen. „Kaufen? Wovon denn? Von dem Gold aus eurem Inventar, das im Spiel gespeichert ist?"
Chal seufzte genervt. „Dann stehlen wir eben eine", sagte er, als wäre ich jetzt wirklich pingelig.
„Das möchte ich sehen! Ihr zwei Minis am Weltraumhafen in Baikonur! Wie ihr total unauffällig an den russischen Wachen vorbei aus dem Tor rausgeht – mit einer Rakete unterm Arm. Vergesst es! Hundert Männer könnten das Ding nicht tragen, und es passt auch nicht durch unsere Haustür. Schon gar nicht durch meinen Monitor. Wenn ihr zurückfliegen wollt, dann geht das nur mit eurem eigenen Jet."

HA!

Chal stemmte die Hände in die Hüften. „Wozu hast du eigentlich so einen riesigen Kopf, wenn du ihn nicht benutzt? Die Kiste ist kaputt!"
Ich beugte mich zu dem Knirps hinunter und

blickte ihn durchdringend an. „Ja, weil du so eine schlechte Notlandung hingelegt hast.“ Damit traf ich seinen Stolz, das konnte ich sehen.
„Keine Sorge“, fuhr ich fort, „wir werden den Jet reparieren. Vorher sollten wir nur überlegen, wohin ihr damit überhaupt fliegen wollt.“
„Zurück zu unserem Planeten!“, stieß Chal hervor.
Zurück in euer Computerspiel, korrigierte ich ihn - aber nur im Stillen, denn laut hätte ich es nicht sagen können. Richtige Helden spielen schließlich nicht.

LEVEL 6

Weltraum-Kino

DANIEL „Wie kann denn *so was* passieren?“, rief meine Mutter mit blassem Gesicht aus, als sie den Monitor sah. „Ist das denn heutzutage alles nur noch Billigware?“

Natürlich ließ es sich nicht verhindern, dass meine Eltern das Chaos sahen. Und jetzt versuchten sie, die Spuren im Raum zu lesen wie Sherlock Holmes und Dr. Watson. Zum Glück waren sie auf völlig flascher Fährte …

„Wir haben gerade am Computer gesessen, da ist plötzlich der Monitor explodiert“, wiederholte ich meine Geschichte. Was ja nicht ganz gelogen war. Mein Vater untersuchte die Reste des Bildschirms und fuhr mit dem Finger über die kaputte Tastatur, während meine Mutter den versengten Teppich untersuchte. Entsetzt schüttelte sie den Kopf.

„Das ganze Haus hätte abbrennen können! Seht ihr das? Ein Stück Plastik ist sogar quer durchs Zimmer geflogen, bis hierher!"
Sie meinte das Stück vom Monitor, das ich eben noch ans Ende der Brandspur gelegt hatte – anstelle des Jets. Der war inzwischen unter dem Bett verschwunden, ebenso wie Chal und Jess.
Mein Vater wandte sich jetzt zu uns um. Seine Augen waren ziemlich dunkel.
„Ehrlich, Jungs: Ich habe während meiner vielen Jahre im Büro noch nie von einem explodierten Monitor gehört. Ich weiß ja nicht, was ihr mit dem Computer angestellt habt ..."
Er seufzte. „Aber dass ihr an dem Ganzen unschuldig seid, glaube ich euch einfach nicht. Daniel, du wirst den neuen Monitor und die Tastatur von deinem eigenen Geld bezahlen."
„Aber so viel hab ich doch gar nicht!", protestierte ich. Dabei ahnte ich schon, worauf mein Vater hinauswollte.
„Du hast doch noch das Geburtstagsgeld", sagte er gnadenlos. „Zusammen mit deinem Taschengeld müsste das reichen."
Mir wurde heiß und kalt. Von dem Geld hatte ich mir das supertolle Flugboot-Modell kaufen wollen, das *richtig* fliegen konnte! Das konnten die doch nicht machen!

LOGO! PASSIERT AUCH NICHT BEI STEUERAKTEN!

?!?

BEN Ich finde, du hast echt noch Glück gehabt. Immerhin glaubten sie, wir hätten durch irgendwelchen Blödsinn fast das Haus abgefackelt. Du hast keinen Anschiss gekriegt, keinen Hausarrest und keine Taschengeldkürzung. Meine Mutter wäre ausgeflippt!

DANIEL Mein Vater trug das kaputte Gerät gleich in die Garage, weil meine Mutter Angst hatte, es könnte nachts noch mal anfangen zu brennen. Danach waren wir wieder unter uns. Nein, natürlich waren wir das nicht. Chal und Jess kamen wieder unter dem Bett hervor.
„Waren das eure Eltern?", fragte Chal.
„Nur meine", antwortete ich.
„Dann seid ihr also noch keine ausgewachsenen Monster?" Ein leichtes Grinsen schlich sich in sein Gesicht. „Sondern Babymonster?"

BEN Warum musste der Typ eigentlich immer gleich so überheblich werden?

DANIEL Das dachte ich auch. Deshalb musterte

ich ihn von oben bis unten und fragte: „Wenn du Menschen nach ihrer Größe beurteilst, was bist *du* dann?"

BEN Danach war erst mal Ruhe. Na gut, die beiden waren auch beschäftigt mit ihrer Schadensanalyse. Dabei kletterten sie sehr konzentriert auf ihrem Flieger herum und taten hochwichtig. Jess trug dabei so ein Ding um den Hals …

Captain Titanium und Commander Runzelstirn

DANIEL Du meinst den Computer. Die beiden hatten die gesamte Datenbank des Jets auf eine Art Tablet umgeleitet. So konnten sie sich damit frei bewegen.
„Das machen wir zum ersten Mal", erklärte Jess. „Wir mussten für unsere Missionen noch nie aussteigen."
Stimmt, dachte ich mir. Im Spiel hockten sie ja immer nur in ihrer Kiste und flogen durchs All.

BEN Chal krabbelte über und unter den Jet und beugte sich in jeden Winkel, um mit einem Scanner die Außenhaut zu checken. Und Jess tippte währenddessen ständig auf seinem Tablet herum.

DANIEL Jedenfalls durften wir nicht helfen. Und mir fiel ein, dass ich sie wohl für ein paar Tage in meinem Zimmer unterbringen musste. Fragte sich nur, wo. Am besten eignete sich natürlich eins meiner Modelle. Ob die beiden vorsichtig damit umgehen würden? Zumindest konnten sie sich nicht beschweren, dass es eine billige Absteige sei. Ab sofort wohnten sie im Weißen Haus!

BEN Na ja, in einer Präsidentenhütte aus Pappe.

DANIEL Hey, weißt du eigentlich, wie lange ich daran gesessen habe? Das Problem war natürlich, dass es dafür keine Einrichtung gab. Schließlich war mein Weißes Haus keine Barbie-Villa!

Gehts noch?

BEN Barbie! Klar, daran hatte ich an dem Tag gar nicht gedacht. Ich hätte doch das von meiner Schwester kriegen können. Das steht eh nur auf dem Schrank rum.

DANIEL Hast du sie noch alle? Helden schlafen doch nicht in rosa Himmelbetten!

BEN Sie hätten es wenigstens bequem gehabt …

DANIEL … bevor sie uns dafür umgebracht hätten. Vergiss es. Aber immerhin haben wir uns mit der Einrichtung richtig Mühe gegeben: Als Betten legten wir zwei Quartett-Schachteln mit Tempotüchern aus. Ein dickes Buch wurde zum Tisch, als Hocker stellte ich zwei umgedrehte Anspitzer davor. Als Teller gab es Deckel von Olivengläsern und Zahnstocher als Besteck.

BEN Ja, es war witzig, das Zeug zusammenzusuchen. Erst als wir in Daniels Zimmer zurückkamen, erkannten wir unseren Fehler: Wir hatten die Zimmertür offen gelassen.

DANIEL Fataler Fehler! Und das Bild, das sich uns bot, war der blanke Horror: Chal stand in einer Zimmerecke, mit einem Bleistift bewaffnet, und kämpfte wie ein Musketier mit seinem Degen. Allerdings mit ganz schlechten Karten, sein Gegner war schließlich viel größer und kräftiger und besser bewaffnet.
Es war Chewbacca, unser roter Hauskater.

Mit ausgefahrenen Krallen schlug Chewie immer wieder gegen den Bleistift, den Chal ihm entgegenhielt. Mir war sofort klar: Bald schon würde das Spiel den Kater langweilen. Dann würde der Löwe der Maus zeigen, wer der Boss war. Und wenn er Chal eine Breitseite verpasste …
Aus den Augenwinkeln sah ich, dass Jess sich bis zum Jet durchgeschlagen hatte und gerade einstieg. Gute Idee, dachte ich mir, in der Metallkiste wäre er sicher. Andererseits hätte ich erwartet, dass er seinem Freund helfen würde.
In dem Moment, als ich mir Chewie schnappen wollte, bemerkte ich, dass Chal jetzt eine Vorwärtsrolle und dann seitliche Ausfallschritte in Richtung Jet machte. Wollte er sich auch dorthin retten? Der Kater war sicher schneller. Und was würde mit einem so kleinen Menschen wohl passieren, wenn Chewbacca ihn mit einem kräftigen Hieb durchs Zimmer fliegen ließ?

WEG x ZEIT = MATSCH

BEN Aber wir hatten Chal unterschätzt: Noch bevor wir eingreifen konnten, rannte er auf den Jet zu - der Kater dicht hinter ihm. Als er uns sah, schrie er: „Bringt euch in Sicherheit, ich habe die Bestie im Griff!“
Dann stellte er im Rennen die Spitze des Bleistifts auf den Boden, hielt sich an der oberen

Miau!

Seite fest und legte einen sauberen Stabhochsprung über den Jet hin. Auch der Kater setzte nun zum Sprung an. Und plötzlich wurde es so strahlend hell, dass ich nur noch dachte: Bitte keine Plasma-Granate!
Daniel hechtete auf Chewbacca zu, der mit einem jammervollen Maunzen zur Seite auswich.
„Nicht auf ihn schießen!“, brüllte er.

DANIEL Ich packte Chewie und setzte ihn vor die Tür. Dann motzte ich Chal und Jess an: „Was war das eben? Wie verpeilt seid ihr eigentlich, dass ihr Plasma-Waffen in meinem Zimmer abschießt? Habt ihr nicht schon genug angerichtet?"
Chal funkelte mich böse an, aber Jess war etwas gesprächsbereiter.
„Das war keine Waffe, sondern unser Suchscheinwerfer. Er war noch auf die höchste Stufe eingestellt – für Molos. Das ist ein sehr dunkler Planet …"
„Kenn ich", gab ich zurück. Und diesmal hatte ich keine Lust zu erklären, woher.
„Dann war das also nur Licht?", fragte ich erleichtert. „Habt ihr denn überhaupt Waffen?"
(Das musste ja mal endgültig geklärt werden.)
Und Chal reagierte, wie ein Held wohl reagieren muss. Er stellte sich breitbeinig hin wie ein Cowboy beim Duell und raunte mir zu: „Willst du es herausfinden?"

SEINE WAFFE WAR DIE GROSSE KLAPPE!

Stöhnend verdrehte ich die Augen, sagte aber nichts.

BEN Dafür sagte Jess, dass ihre Schadensanalyse abgeschlossen war. Er tippte auf eine grüne Fläche auf seinem Tablet, das Ding piepste – und plötzlich war Weltraum-Kino!

DANIEL Der Minicomputer warf ein riesiges 3-D-Bild in den Raum. In der Luft um uns herum schimmerten und tanzten alle Einzelteile des Jets, als stünden wir mitten in einem riesigen Bauplan.
„Ich habe das Bild für euch so vergrößert, dass ihr auch etwas sehen könnt", sagte Jess hilfreich. „Hier gibt es ein paar feine Risse." Er fuhr mit der Hand durch die Luft und einige Stellen blinkten gelb auf. „Die können wir hoffentlich selbst versiegeln. Aber diese Segmente …" – auf einmal schimmerten drei Teile rot – „müssen komplett ausgetauscht werden. Hier ist eine Aufstellung aller Materialien, die wir brauchen."
Das Bild um uns herum verschwand und verwandelte sich in eine Liste aus lauter Buchstaben und Zahlen. Aber was sollten die uns sagen?
„Jetzt ist es vielleicht doch gut, dass wir nur ein stinknormales Durchschnittsschiff haben", freute sich Jess. „Seht ihr? Das Material für die Außenhaut ist ganz problemlos zu be-

WIE BITTE?!

sorgen: GXN3 872. Der Treibstoff ist wie fast überall QR13 H70. Und für den Zusammenbau fehlt nur noch ein bisschen MKN5 BRX." Er wandte sich an Ben und mich. „Das kriegt ihr doch in zwei, drei Tagen hin? Oder?"

BEN „Hä?", sagte ich.

DANIEL „Mein Freund will sagen: Gibt es dafür auch eine Übersetzung? Venjanisch – Erde?" Ich kritzelte die Abkürzungen auf einen Zettel.
Chal funkelte mich wütend an. „Wir *sind* keine Venjaner! Wir kommen von der Erde! Du verstehen? Du absichtlich Hilfe verweigern?"
Jess wirkte auch ziemlich enttäuscht, als er begriff, dass ich keine Ahnung hatte.
Schnell versuchte ich, ihn zu beruhigen. „Nur die Ruhe, ich finde raus, welches Material das ist. Und dann können wir es sicher auch besorgen. Versprochen. Jetzt sagt mir doch erst einmal: Was möchtet ihr gerne essen?"
Diese unlogische Ablenkung musste natürlich in die Hose gehen.
„Essen?", meinte Chal. „Klingt nach Zeitverschwendung."
„Kann sein, aber ihr *müsst* doch essen, oder?", fragte ich.
Chal stemmte die Hände in die Hüften. „Wir sollen uns vergnügen, während die Erde in Gefahr ist? Das Leben ist doch kein Picknick!"

PIZZA? POMMES? EIS? SPINNER!

Das konnte nicht sein Ernst sein.
„Aber schlafen müsst ihr schon ab und zu?", versuchte ich es weiter.
Chal warf Jess einen fragenden Blick zu.
„Ich meine, ihr legt euch abends hin, macht die Augen zu und seid morgens wieder fit?", erklärte ich das Prinzip, das ihnen völlig fremd zu sein schien.
Jetzt mischte sich Jess ein. „Manchmal wird es plötzlich dunkel um uns herum und wenn es wieder hell wird, wissen wir nicht, was inzwischen passiert ist."
Ich überlegte und fand eine Erklärung: „Klar! Das macht Sinn. Wenn der Computer ausgeschaltet wird, existiert ihr praktisch nicht. Und wenn das Spiel wieder startet, seid ihr nicht fitter oder unfitter als vorher. Der Energiebalken bleibt ja gleich."
Chal sah mich an, als wollte ich zum Fasching auf den Mars.
„Was redest du da wieder für einen Unsinn?", bellte er.
Ups! Hatte ich das alles laut gesagt?

NOTIZ AN MICH:
ÖFTER MAL DIE KLAPPE HALTEN!

„'tschuldigung, ich bin nur überrascht, wie ihr so überleben könnt. Klos kennt ihr dann sicher auch nicht?"
„Was ist das?", fragte Jess voller Neugier.
Mist! Konnte ich nicht ein Mal die Klappe halten? Also versuchte ich, den Weg der Nahrung durch den Körper in kurzen Sätzen zu schil-

dern. Dabei verzogen die Piloten angewidert die Gesichter, bis Chal sich schüttelte.
„Das beweist eindeutig, dass wir hier nicht auf der Erde sind. Nur Monster können so eklig sein!"
Da die beiden Helden keinen Schlaf brauchten, überließ ich sie in der Nacht sich selbst – sollten sie doch lernen zu schlafen oder sich meinetwegen zu Tode langweilen!

BEN Als ich nach Hause gehen wollte, fiel mir etwas ein.
„Was machen wir morgen früh mit den Piloten, wenn du zur Schule gehst? Chewbacca wird sich bestimmt freuen, sie ganz für sich zu haben."

Katzen-Weihnachten!

DANIEL Da hattest du allerdings recht. Selbst wenn ich die Tür schloss, würde meine Mutter sie vielleicht wieder aufmachen. Chal und Jess hatten mitgehört und sahen uns fragend an.
„Du wirst uns mit der Bestie allein lassen? Dann kann ich aber nicht für ihre Sicherheit garantieren", erklärte Chal großspurig.
Da ich keine Opfer wollte (auf beiden Seiten nicht), blieb mir also nur eine Lösung: „Ich nehme euch mit!"
„In die Schule?", fragte er entsetzt. „Da waren wir doch schon! Wir müssen keinen Kinderkram mehr lernen!"
„Wir auch nicht", erwiderte ich. „Aber wen interessiert das schon?"

LEVEL 7

Plastikhelden

DANIEL „Unbekanntes Fahrobjekt auf neun Uhr. Kollision in wenigen Sekunden. Ausweichkurs! *Ausweichkurs!*“, kommandierte eine dünne Stimme aus meiner Schultasche.

Oh Mann, dieser Tag würde anstrengend werden! Oder besser gesagt war er das schon. Seit ich losgegangen war, sondierten die Minipiloten die Umgebung mit einer Art biegsamem Periskop, das aus meinem Rucksack herausragte.

Während das Auto, das Chal gemeint hatte, brav vor dem Zebrastreifen anhielt, wisperte ich über die Schulter: „Beruhigt euch, Leute! Ich kenne die Strecke, und ich überlebe sie jeden Tag zwei Mal.“

„Wer kann denn auch ahnen, dass die Piloten in eurer Welt Angst haben vor Streifenmustern?“, redete sich Chal heraus.

Gleich darauf geriet er wieder in helle Aufregung. „Verfolger auf sechs Uhr! Du musst beschleunigen!“

Ich seufzte innerlich. Wer sollte mich schon verfolgen? Raumpiraten?

„Ausweichen nicht mehr möglich. Kollision in drei … zwei … eins …“

„Hey, wir haben ja den gleichen Schulweg!“, sagte der *Verfolger* und strahlte mich an. Es war Aaron, der Neue. „Ich hab dich gestern Abend schon gesehen. In dem Haus gegenüber. Witzig!“

„Ich wohn da“, gab ich etwas einfallslos zurück. „Und ihr seid in die Nummer 7 eingezogen?“

„Ja, vorgestern. Ist doch super, dann können wir morgens immer zusammen zur Schule gehen, oder?“

So super wie Spinat! Aber das sagte ich natürlich nicht laut.

WÜRG!

Wir gingen eine Weile nebeneinander her, bis Aaron das Schweigen brach. „Stimmt es, dass die Kramer auch in eurem Haus wohnt?“

Ich nickte bloß.

„Kann es sein, dass du nicht mit mir reden willst? Ist okay, du musst es mir nur sagen.“

Er sah mich abwartend an.

Seine Vermutung traf mich tief. Kam ich so mies rüber? Das wollte ich nicht. Wenn ich neu wäre, würde ich sicher auch versuchen, Leute kennenzulernen.

„Entschuldige, ich habe morgens mehrere Aufwachphasen", versuchte ich es mit einem Joke. „Bin gerade noch in Phase 2: Könnte jeden Moment wieder ins Koma fallen."
Aaron lachte laut auf und schlug mir auf den Rucksack, sodass den Piloten bestimmt der Schädel brummte. „Du bist echt witzig!"
Dabei prallte seine schwere Sporttasche gegen meine Seite. Aaron hatte den Stundenplan anscheinend noch nicht im Kopf, Sport hatten wir heute nämlich nicht. Andererseits fühlte sich der Inhalt auch nicht nach Turnschuhen an, sondern eher nach Ziegelsteinen.
Auf dem Weg redeten wir noch ein bisschen über unsere Klasse und die Lehrer. Dann fragte ich ihn, welche Games er so spielte. Es waren weniger, als ich gedacht hatte. Er sagte, er würde zwar viel am Computer sitzen, aber nicht zum Zocken. Nur wenn sein Bruder Zeit hatte, denn der zeigte ihm dann alle möglichen Neuheiten und die Besonderheiten jedes Spiels. Zu zweit machte ihm das wohl mehr Spaß als alleine.

BEN Verständlich. Aber hat er dir auch erzählt,

was genau er am Computer macht? Was macht man da, wenn man nicht zockt?

DANIEL Hab nicht gefragt, so genau wollte ich es ja gar nicht wissen.
Jedenfalls sagte Aaron plötzlich: „Was war bei euch gestern Abend eigentlich los? Ich hab gerade unsere Fenster aufgerissen, weil es im Haus noch überall nach frischer Farbe stinkt, und dabei zufällig gesehen, dass du auch gerade das Fenster aufgemacht hast. Ich habe dich gerufen, aber du hast mich nicht gehört. Und dann hast du irgendwas verscheucht, etwas ziemlich Großes. Was war das?"
Mir blieb fast das Herz stehen. Aaron hatte also beobachtet, wie ich Gigantus rausgeschmissen habe. Wie sollte ich das bloß erklären?
Er meinte: „Sah aus wie ein riesiger Vogel. Hast du deinen Papagei fliegen lassen oder was?"
Als Antwort musste ich das Erstbeste nehmen, was mir einfiel: „Nee, wir haben eine Eule im Baum vor unserem Haus. Abends fliegt sie manchmal direkt vor meinem Fenster herum, das nervt total. Deshalb habe ich so rumgewedelt. Hoffentlich sucht sie sich bald einen neuen Lieblingsbaum."
Der Neue sah mich verblüfft an. Und ich überlegte, wie viel er wohl gesehen hatte.

WAR BESCHÄFTIGT MIT ÜBERLEBENSTRAINING

„Die Eule ist doch auf euer Haus zugeflogen", sagte ich deshalb. „Konntest du erkennen, wohin sie verschwunden ist?"
Aaron zuckte mit den Schultern. „Nö, keine Ahnung. War viel zu dunkel."
Wer's glaubt, wird selig, dachte ich. Erst interessierte es ihn brennend und dann sah er dem Vieh nicht mal hinterher? Vielleicht konnte ich ja noch herausfinden, was er wirklich wusste. Doch nicht jetzt, denn wir bogen gerade auf den Schulhof ein. Diesen Aaron musste ich unbedingt mal näher unter die Lupe nehmen.

BEN In der Pause haben wir genau das getan. Während Aaron sich von seinen neuen Fans anhimmeln ließ, schlenderten wir möglichst unauffällig an ihm vorbei.

DANIEL Ja, und dabei fiel uns auf, dass er die Fragen zu den Computerspielen nicht spontan beantworten konnte. Klar, er wusste ja auch alles nur von seinem großen Bruder. Immer wieder blätterte er in einem Notizbuch. Das machte uns natürlich neugierig. Und nicht nur uns, auch andere versuchten hoffnungsvoll reinzuspicken. Aber

Aaron hielt das Buch so, dass niemand etwas lesen konnte.
In dem Moment klingelte es bei mir: Mit einem Cheat waren Chal und Jess durch meinen Monitor gekommen – und zurück würden sie auch einen brauchen. Wahrscheinlich den gleichen wie für den Hinweg, wenn er ein Tor zwischen beiden Welten öffnete.
Eilig zog ich Ben von den anderen weg und erklärte ihm flüsternd meine Theorie. Die Piloten sollten uns nicht hören, schließlich wussten sie nichts von einem Cheat – sie kamen ja nicht aus einem Spiel. Dann sah ich Ben gespannt an.
„Welche Tastenkombi hattest du zum Schluss gedrückt?

BEN Blöd, aber ich konnte mich nicht daran erinnern. In der Eile hatten doch meine Finger gearbeitet, ohne mein Hirn zu fragen.

DANIEL Ich stieß Ben an. „Dann gibt's nur eins: Wir müssen dieses Notizbuch lesen!" ODER SO! :)
Als ich Chal und Jess sagte, dass darin die „Navigationskoordinaten" für ihre Rückkehr stehen könnten, waren sie sofort dabei.

BEN Ich glaube, die Geheimnistuerei reizte Chal – genau wie uns. Sollte Aaron sein Notizbuch ruhig verstecken wie eine Geheimakte. Mit uns hatte er nicht gerechnet. Und erst recht nicht mit den *Space Agents.*

SCHNARCH-SHOW!

DANIEL Genau! Für die Stunde des „Zugriffs" (wie Chal es nannte) hatten wir uns Erdkunde ausgesucht. Bei der Referendarin, Frau Meisenbach, sollten wir heute nämlich einen Film sehen. Komplette Verdunklung. Niemand würde bemerken, wie zwei Weltraumhelden in Aarons Rucksack krabbelten.

„Könnt ihr denn auch im Dunkeln fotografieren?", fragte ich die beiden. „Ihr dürft natürlich keinen Blitz verwenden."

„Sehen wir aus wie Anfänger?", erwiderte Chal empört.

„Kein Problem", fügte Jess sachlich hinzu. „Unsere Kamera hat einen Restlichtverstärker und arbeitet mit digitalen Signalprozessoren." Er drückte jedem von uns einen winzigen Knopf in die Hand, den wir ins Ohr stecken sollten, dazu ein ebenso winziges Mikrofon. Beides haftete mit einer Art Kleber an der Haut. Trotzdem war es praktisch unsichtbar. Das Mikro würde aussehen wie ein winziger Pickel am Mundwinkel.

„So haben wir während der ganzen Aktion Sprechkontakt", erklärte Jess. „Falls etwas schiefgeht." Er tippte auf seinem Tablet herum. „Jetzt sind wir dauerhaft zugeschaltet und hören alles."

„Na, dann mal los!", sagte Ben mit leuchtenden Augen.

BEN Frau Meisenbach hatte den Film über Energie tatsächlich mitgebracht. Auch wenn das Thema öde war, jubelten alle. Im Dunkeln konnte niemand sehen, wer aufpasste und wer nicht. Kurz nachdem die Jalousien runtergegangen waren, wurden etliche Handys unter den Tischen gezückt. Gleich darauf huschten unsere Helden aus Daniels Rucksack, jede Deckung nutzend.

DANIEL Der Film zeigte Luftaufnahmen vom Kohlebergbau, von Atomkraftwerken und Windanlagen.
„Energie. Wo kommt unser Strom eigentlich her?", näselte eine Stimme aus den Lautsprechern.
Chal und Jess waren das perfekte Team: Sie gaben sich knappe Handzeichen, deckten sich gegenseitig und arbeiteten absolut lautlos. Ich musste mich zusammenreißen, um nicht ständig in ihre Richtung zu starren, denn ihr *Film* war viel spannender als der da vorne.
Das Opfer in der Reihe vor uns war ahnungslos. Aaron lehnte sich mit verschränkten Armen auf seinem Stuhl zurück, die Beine weit ausgestreckt, und ließ sich von dem Film berieseln. So bemerkte er natürlich nicht, wie

zwei *Space Agents* seinen Rucksack enterten. Und auch nicht, wie sie mithilfe einer Winde und Seilen das Notizbuch herauswuchteten. (Der gefährlichste Teil! Aber sie konnten die Seiten ja nicht im Rucksack fotografieren.)
„Was stinkt hier so entsetzlich?", hörte ich Chals Stimme in meinem Kopfhörer.
Etwas piepste. Vermutlich der Scanner von Jess, denn er antwortete gleich darauf: „Totes Tier in flachen runden Scheiben. Auf einem Getreideprodukt."
Klang nach Salamibrot. Sie arbeiteten weiter, und mit erstaunlicher Sanftheit ließen sie das Notizbuch auf den Boden sinken. Dann begann die eigentliche Arbeit: Chal blätterte und Jess fotografierte.

Währenddessen erklärte der Sprecher des Films: „Die Hälfte unserer Energie wird aus fossilen Brennstoffen gewonnen."
„So was Rückständiges!" ertönte Chals Stimme. „Verantwortungslos!" Aber diesmal war sie nicht nur in meinem Ohrstecker zu hören, sondern laut und deutlich im ganzen Klassenraum.
Mist! Er musste aus Versehen an irgendeine Taste gekommen sein, die einen Lautsprecher zuschaltete. Hatte er das jetzt bemerkt?
Frau Meisenbach nickte. Offenbar war sie derselben Meinung wie unser Weltraumheld. Glück gehabt!

„Aber die Nutzung erneuerbarer Energien nimmt Jahr für Jahr zu", hieß es weiter in dem Film. „Immer mehr Hausbesitzer in Deutschland nutzen Wind- oder Solarenergie zur Stromerzeugung."

„Wind? Pipifax!", motzte Chal (jetzt noch lauter). „Und diese Solarzellen sind doch Kinderkacke! Hat auf diesem verpennten Planeten denn niemand genug Hirn, um den Sonnenstrom direkt im All anzuzapfen?" !!!

Plötzlich geschah alles in Sekundenschnelle:

1) Das Licht ging an. Geblendet blinzelten wir zu Frau Meisenbach, die wütend neben dem Lichtschalter stand.

2) Aaron rutschte vor Schreck fast vom Stuhl, weil seine Beine so weit ausgestreckt waren. Dabei kickte er sein Notizbuch samt Chal und Jess quer über den Boden, weiter von uns weg.

3) Frau Meisenbach stemmte die Hände in die Hüften und musterte jeden einzelnen Schüler. „Mir scheint, hier möchte jemand sein Wissen über Energie mit uns teilen!"

4) Aaron bemerkte, dass sein Notizbuch den Rucksack verlassen hatte – und zog die falschen Schlüsse. „Hey, hast du etwa ver-

sucht, mein Buch zu klauen?", zischte er seinen Sitznachbarn Patrick an. Der guckte irritiert und schwieg.

5) Ich gab Chal und Jess Zeichen, dass sie schnell zu mir kommen sollten. Sie zögerten. Wenn sie im Licht rannten, würde man sie leichter bemerken.

6) Diese Überlegung war überflüssig. Frau Meisenbach entdeckte die beiden, bevor ich sie verstecken konnte. Hastig bückte sie sich nach ihnen und hielt sie hoch.

OH-OH!

„Wem gehört dieses Spielzeug?"

BEN Schon als ich dieses Wort hörte, wusste ich, dass es Ärger geben würde. Jess blieb natürlich ruhig, steif wie ein Plastik-Sternenkrieger. Aber Chal …

DANIEL Zum Glück konnte die Referendarin ihn nicht hören (Chal musste den Lautsprecher wieder ausgestellt haben), aber den Stinkefinger hat sie klar und deutlich gesehen. Sie kreischte los und ließ die Piloten fallen, die ich im letzten Moment auffangen konnte. Damit war klar, wem die *Figuren* gehörten. Frau Meisenbach sah mich aus schmalen Augen an. „Du hast also Plastikfiguren, die auf Knopfdruck den Stinkefinger zeigen? Toller Humor! Dann warst du wohl auch derjenige, der bei dem Film ständig dazwischengeredet hat?"

Ich zuckte unbestimmt mit den Schultern.
„Es freut mich, dass du dich so für Energie interessierst. Und weil dir das Thema so viel Spaß macht, wirst du zu Hause eine Zusammenfassung des Films schreiben. Mindestens eine Doppelseite."
Na klasse! Das, was ich mitgekriegt hatte, passte gerade mal in eine Zeile.

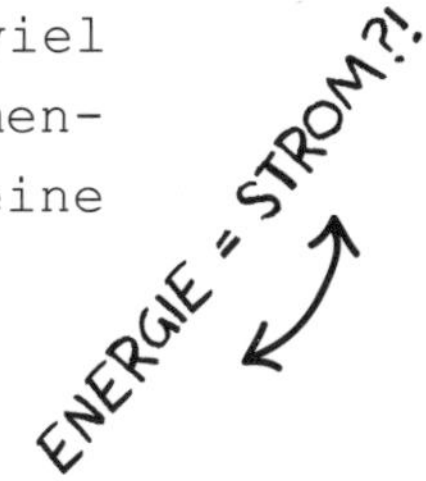

Sie hielt die Hand auf und ließ sich von mir die *Figuren* geben. Was ich nur äußerst widerwillig tat …
Frau Meisenbach sah sich die beiden Piloten für meinen Geschmack viel zu genau an. Dabei guckte sie, als wären sie ihr unheimlich.
„Ich sehe gar keinen Knopf …"
Stirnrunzelnd trug sie Chal und Jess zum Pult und packte sie in eine blaue Brotdose. Verdammt! So konnten sie ihr natürlich nicht entkommen.
Mit einem Blick, als hätte *ich* ihr den Stinkefinger gezeigt, sah mich Frau Meisenbach noch einmal scharf an. „Die Spielfiguren kannst du morgen nach der Schule im Lehrerzimmer abholen. Wenn mir deine Strafarbeit gefällt."

LEVEL 8

Operation Brotbox

MIST! DIE ZUKUNFT IST VEGAN!

DANIEL „Mayday, Mayday!“, bellte Chals Stimme in mein Ohr. „Das Lehrermonster trägt uns in Richtung Südost. Korrigiere: Biegt jetzt ab nach Südwest. Der Gestank in diesem engen Raum ist kaum noch zu ertragen. Was ist das?“
Ein Piepsen ertönte, vermutlich wieder der Scanner. Jess klang irritiert, als er Auskunft geben konnte: „Nicht erschrecken, aber unsere Umgebung besteht komplett aus toter Tierhaut. Bah!“
Aha, Ledertaschen waren auf der Erde der Zukunft wohl megaout.
„Und in dieser Plastikbox hier“, fuhr Jess angewidert fort, „befand sich vor uns ein Weizenprodukt mit Fischabfällen. Geschredderter Fisch. Wer hebt so etwas auf?“
Ja, Frau Meisenbach stand auf Thunfisch-Sand-

wiches. Wenn man an Essen nicht gewöhnt war, musste das der Gipfel der Geschmacksverfehlung sein!
Chal keuchte. „Lieber kämpfe ich gegen Sumpfschnecken vom Planeten Xyppt! Diese Welt hier ist die schlimmste, die wir je angeflogen haben. Wo trägt uns diese Alien-Frau jetzt hin? In ihre Höhle, wo sie uns frisst – wie den Fisch vor uns?"
Bens Grinsen reichte von einem Ohr bis zum anderen.

BEN Plötzlich war Aaron hinter dir. Ich stand schon an der Tür, sorry! Sonst hätte ich dich natürlich gewarnt.
„Mit wem redest du?“, fragte er neugierig.

DANIEL „Mit mir selbst“, erwiderte ich spontan. „Mache ich oft. Das fördert die Konzentration.“
Aaron sah aus, als würde er mir nicht glauben. Aber das war mir gerade egal. Und weil es sich nicht vermeiden ließ, gingen Ben und ich zusammen mit Aaron zum nächsten Raum.
Auf dem Weg dachte ich, mir fallen die Ohren ab. Auf der einen Seite quasselte Chal immer weiter über die ekligen Essensgewohnheiten der Monster hier. Und gleichzeitig fing Aaron an, mich auszuquetschen. Irgendwie schien er zu spüren, dass etwas faul war.
„Sagt mal, diese Figuren: Wo gibt es die? Und was ist das für ein Material? Ich konnte sie ja nur kurz sehen, aber das war nicht die übliche Massenware aus China. Allein schon dieser Minicomputer, den der eine um den Hals trug, sah so echt aus ...“
Mir blieb fast das Herz stehen. Der hatte aber sehr genau hingeguckt! Nur was wollte er mir damit sagen? Wusste er Bescheid?
„Wer ist der Typ, der da mit euch redet?“, ertönte Chals Stimme in meinem Ohr. Aha, er hatte es also endlich gecheckt. „Ist er ein Spion?“

KRASSER ALS DOLBY DIGITAL!

Glaubte er allen Ernstes, ich könnte ihm jetzt darauf antworten? Witzbold!
„Ähm … ja, das sind Sammlerfiguren", erklärte ich Aaron. „Ein Geschenk von meinem Onkel aus Amerika. Aber das Material? Keine Ahnung, damit kenne ich mich nicht aus."
„Echt nicht? David meinte, du baust Modelle."

SUCHE: LÜGEN-NACHHILFE FÜR DEPPEN!

BEN So viel zum Thema: *Wir* wollten *ihn* ausspionieren. Schon seltsam, was er in der kurzen Zeit alles über uns rausgekriegt hatte.

DANIEL Das fand ich auch. Jedenfalls kam ich aus der Nummer mit dem Material nicht raus und sagte, dass die Figuren vermutlich aus Fiberglas seien.
„Kann ich sie mir mal genauer ansehen, wenn ihr sie zurückhabt?" Mann, war der hartnäckig!
„Wir kriegen sie ja erst morgen nach der Schule, wenn meine Strafarbeit Frau Meisenbach überzeugt hat. Also, mal sehen ..."
Er nickte und ging – Gott sei Dank! – direkt in den Klassenraum, obwohl Ben und ich davor stehen blieben. Wir mussten unbedingt wissen, ob mit unseren Piloten noch alles in Ordnung war.
„Wo seid ihr jetzt?", raunte ich ins Sprechgerät.
„Immer noch in der Tasche", erwiderte Chal.

„Fischgase rauben uns den Verstand, aber wir haben schon ganz andere Dinge ertragen. Richtigen Männern macht das nichts aus."
Jess sagte: „Wir haben die Box einen Spalt weit geöffnet und checken mit dem Periskop die Umgebung: ein großer Raum, die Wände bestehen fast komplett aus Fächern, manche offen, manche abschließbar. Ein Fenster. Korrektur: Außer dem Fenster nach draußen gibt es noch eins. Länglich, knapp unter der Decke, es führt zum Gang."
Oh nein! Sie waren im Lehrerzimmer, ganz klar!
„Seid ihr allein?"
„Nein, hier sind zwei ausgewachsene Aliens", berichtete jetzt wieder Chal. „Das eine, das uns entführt hat …"
„Frau Meisenbach."
„Und dann noch das Monster aus eurem Treppenhaus!"
„Frau Kramer", übersetzte ich. Wir waren ihr am Morgen begegnet und Chal hatte sie als gefährliches Hindernis eingestuft.
„Achtung, Riesenhand!", zischte Jess leise. „Box sofort schließen! Wir werden herausgehoben. Spiel nicht den Helden, Chal! Rücken gerade! Plastikfiguren-Modus!"

WUSSTEN WIR DAS
NICHT IMMER SCHON ?

BEN Blöderweise ging unser Schulleben auch weiter: Deutschunterricht bei Frau Hornung. Aber während wir brav und schweigend in der dritten Reihe saßen und unsere Bücher rausholten, waren unsere Ohren praktisch im Lehrerzimmer. Unsere Deutschlehrerin erzählte irgendwas über Nebensätze. Aber sie hätte uns auch alle Geheimnisse über den nächsten Star-Wars-Film verraten können, wir hätten trotzdem kein Wort mitbekommen.

Glaube ich jedenfalls

DANIEL Konnten wir auch nicht! Im Lehrerzimmer ging es nämlich gerade richtig zur Sache. Frau Meisenbach öffnete die Brotbox und zeigte Frau Kramer ihre Beute. Und erzählte die Geschichte über den *unmöglichen* Schüler Daniel Gärtner. Zum Schluss druckste sie etwas herum. Das mit dem Stinkefinger war ihr wohl irgendwie peinlich.
„Die Figur soll sich bewegt haben?", fragte Frau Kramer verwundert.
„Na ja, für mich sah es so aus", verteidigte sich Frau Meisenbach. „Inzwischen denke ich, vielleicht hat mich das Licht auch nur geblendet. Meinen Sie, dass es eine optische Täuschung gewesen sein könnte?"
Ha! Sie war sich also nicht sicher? Wertvolle Information!
„Na, na!" Frau Kramer klang so nett und beruhigend, als hätte ein guter Schüler ausnahmsweise mal eine Fünf geschrieben. „Sie haben ja richtig gehandelt. Wenn jemand im Unterricht Unfug macht, dann wird das Spielzeug eben einkassiert."

Dann folgte plötzlich ein ohrenbetäubendes *Kratsch!*
Jemand tatschte über das Mikrofon. Also Chal oder Jess. Hoffentlich hielten sie still!
„Und die gehören sicher Daniel Gärtner?”, fragte Frau Kramer. „Dann geben Sie mir die Figuren bitte, ich kümmere mich darum. Als seine Klassenlehrerin möchte ich selbst mit ihm darüber reden. Wenn er meint, mit Referendarinnen könnte man so was machen, dann wird das ein Nachspiel haben!”

ACH, SO NENNT MAN DAS? (SCHLUCK!)

Ihr Atem fauchte ins Mikrofon wie ein Sturm. Lautes Knacken und Knistern. Dann Stille. Viel zu viel Stille.

BEN Natürlich haben wir uns Sorgen gemacht. Als Chal endlich wieder sprach, klang seine Stimme hohl. „Jetzt sind wir in einer noch engeren Box, diesmal in einer roten. Die hier riecht aber deutlich besser“, flüsterte er.
Jess ergänzte leicht abgelenkt: „Auf dem Boden liegen Brocken, die lecker aussehen. Ob ich mal probiere, wonach sie schmecken? Nur zu Forschungszwecken natürlich!“
„Bist du wahnsinnig, in so einer feindlichen Welt irgendwas in den Mund zu nehmen?“, gab Chal zurück. „Benutz lieber den Scanner!“
Etwas piepste. Kurz darauf hörte man Jess genussvoll seufzen. „Nennt sich Schokoladenkeks. Scheint essbar zu sein.“

DANIEL Und dann kam Chal diese blöde Idee, dass sie fliehen könnten. Mir war natürlich sofort klar: Wenn sie weg waren, würde Frau Kramer davon ausgehen, dass ich meine Spielfiguren aus dem Lehrerzimmer geholt hätte.
„Das werdet ihr nicht!", rutschte es mir heraus.
„Ja, Daniel?" Unsere Deutschlehrerin deutete auf mich.
Bestimmt sah ich völlig verpeilt aus. Ich hatte schließlich keinen Schimmer, worum es gerade ging.
„Du möchtest uns also ein Beispiel für einen Kausalsatz geben?", half sie mir auf die Sprünge. (Super! Ebenso gern hätte ich jetzt einen Vortrag über Astrophysik gehalten.)
„Ich brauche einen Kausalsatz", flüsterte ich ins Mikro. Aber Frau Hornung hatte mich gehört.
„Genau!", sagte sie auffordernd. „Das wäre nicht schlecht."

KAUGUMMI-SATZ?

Gleich darauf hatte ich Jess' Stimme im Ohr: „Der Angriff auf die Erde kam so überraschend, *weil* die Sensoren im All vorher von Aliens ausgeschaltet worden waren."
Ich weiß, der Satz klang total bescheuert! Und trotzdem blieb mir nichts anderes übrig, als ihn zu wiederholen.
Frau Hornung hob die Augenbrauen – und die ganze Klasse kicherte.

„Ruhe bitte! Vielleicht ein bisschen umständlich …“ Sie zwinkerte mir zu. „Aber Daniel hat den Kausalsatz begriffen.“

GIGA! TERA! PEIN! LICHST!

BEN Mann, bist du rot geworden!

DANIEL Logo! Wenn das nicht megapeinlich war! Immerhin piesackte Frau Hornung jetzt andere Schüler und ließ mich in Ruhe. Zum Glück, denn aus dem Mikro kamen sehr seltsame Geräusche.
Ben und ich spürten sofort, dass etwas passiert sein musste. Chal und Jess keuchten, als wären sie in absoluter Panik. Und dann waren sie so leise, als hielten sie den Atem an.
„Was ist los?“, flüsterte ich.
Ich musste mir den kleinen Kopfhörer noch tiefer ins Ohr drücken, um überhaupt etwas zu verstehen.
„Er ist hier!“, wisperte Chal. „Vor dem Lehrerzimmer! Gigantus schwebt vor dem Flurfenster.“
Wie kam *der* denn hierher?, fragte ich mich. War er mir heute Morgen etwa gefolgt? Aber wenn ja, warum? Suchte er mich? Oder die Piloten?
Jess’ Stimme machte mich nervös, denn in ihr lag pure Angst. „Die Tür öffnet sich. Er kommt rein!“

Und jetzt geht der Spass erst richtig los …

LEVEL 9

Tentakelarme

DANIEL Ein Notfall! Jetzt brauchten wir eine gute Ausrede, um den Klassenraum so schnell wie möglich verlassen zu können. Leider fanden wir keine gute - also nahmen wir eine dämliche: dass wir beide gleichzeitig aufs Klo müssten. Ohne eine Antwort abzuwarten (die konnten wir uns nämlich gut vorstellen), sprangen wir auf und liefen hinaus auf den Flur. Wie die Affen rannten wir durch die Gänge - und erst kurz vorm Lehrerzimmer wurde mir klar, dass wir überhaupt keinen Plan hatten. Meine Gedanken rasten, auf der Suche nach der idealen Taktik.

BEN Ich hätte ja einfach die Tür aufgemacht und reingeguckt.

DANIEL Wir konnten doch nicht wissen, was inzwischen passiert war!
„Chal? Jess?", zischte ich ins Sprechgerät. „Wir stehen ein paar Meter von der Tür entfernt. Wie ist die Lage?"
„Gigantus scannt den Raum, Millimeter für Millimeter", flüsterte Jess. „Gleich hat er uns! Wenn ihr helfen wollt, wäre jetzt ein guter Zeitpunkt!"
Helfen? Ja klar, aber wie? Gegen Gigantus hatten wir doch keine Chance! Also fragte ich: „Habt ihr einen Tipp, was wir tun sollen?"
„Keine Ahnung", gab Chal hauchdünn zurück. „Wenn er uns findet, sind wir wehrlos. Unbewaffnet – um deine Frage von gestern zu beantworten. Nur unser Jet hatte Waffensysteme, aber die sind seit der Bruchlandung tot. So wie wir gleich …"
Chals Mutlosigkeit lähmte mich. Er gab auf? Und warum ausgerechnet in einem so unpassenden Augenblick?

BEN Weil ich aber keine Lust hatte zu warten, bis Daniel Plan A mit Ausweichplan B, C und D entwickelt hatte, öffnete ich die Tür. Sehr vorsichtig natürlich. Bin ja nicht lebensmüde.

DANIEL Das *war* lebensmüde! Wir hatten Glück, dass Gigantus uns den Rücken zuwandte. Unser real gewordener Albtraum aus *Space Agents* bestand aus glänzendem dunklem Metall, und an jedem seiner vier Tentakelarme leuchtete ein strahlend weißes Licht auf, mit dem er alles scannte, was in den Fächern der Lehrer vor ihm lag. Und mit einem Mal wuchsen seine Beine! Wie zwei Teleskopstangen fuhren sie aus, sodass er größer und größer wurde und ans oberste Regalfach heranreichte.

BEN Ein kleines Stück rechts von ihm entdeckten wir eine rote Brotdose. Da drin mussten Chal und Jess sein! Und wenn Gigantus so weitersuchte,

GIGANTUS IM NORMALZUSTAND

würde alles in einer Katastrophe enden. Aus unseren Ohrstöpseln kam kein Mucks mehr.

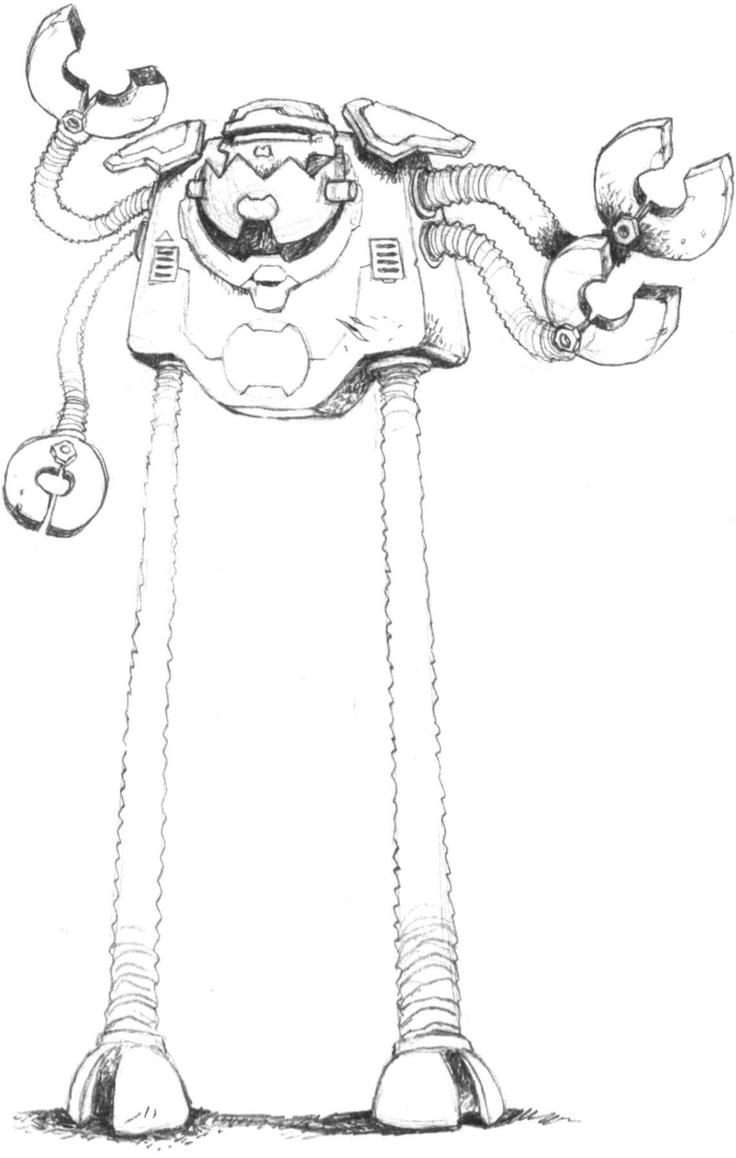

GIGANTUS IN XXL

DANIEL Da entdeckte der Roboter etwas Interessanteres: eine grüne Packung Was-auch-immer (sicherlich einkassiert von einem Lehrer). Offenbar ein Gegenstand, den es auf Molos nicht gab, denn Gigantus war total fasziniert. Sein Scanner piepste. Dann öffnete er die Packung. Aber er hatte wohl nicht damit gerechnet, dass dabei lauter kleine gelbe Flakons herausrutschen würden. Einer davon glitt durch seine Metallgreifer hindurch. Und noch während er zu Boden fiel, erkannte ich, was das für eine Packung war.
„Stinkbombe!", zischte ich Ben zu und ging in Deckung. Leider einen Tick zu laut. Und einen Tick zu spät.
Gigantus wandte sich ruckartig in meine Richtung, und mir gefror das Blut in den Adern. Hatte er mich bemerkt?

BEN Wir hatten die Tür ja zum Glück nur einen Spalt geöffnet und drückten uns hinter das Holz. Dann rochen wir, dass Daniel recht gehabt hatte: eine Stinkbombe! Im Lehrerzimmer! Höchste Zeit, dass wir verschwanden.

DANIEL Ja, aber ohne Chal und Jess konnten wir natürlich nicht gehen. Wir lauschten, aber Gigantus schien uns nicht bemerkt zu haben. Vorsichtig spähten wir wieder durch den Türspalt. Gigantus wirkte nervös. Seine Tentakel fuhren im Kreis um ihn herum und scannten alles wie blöde. Vermutlich hatten seine Sensoren den Gestank gemeldet, den er selbst sicher nicht riechen konnte. Warum störte ihn das nur? Konnte es ihm nicht egal sein?

Beinahe.. hätte er Öl gepinkelt!

BEN Er fuhr seine Teleskopbeine hoch und wieder runter, seine Augen leuchteten mal ganz hell auf, dann waren sie wieder dunkel. Irgendwie schien er ständig neue Anweisungen von seiner Schaltzentrale zu kriegen. Bis er plötzlich ganz ruhig wurde. Offenbar hatte er die Lösung gefunden. Einer seiner Tentakel richtete sich auf den Boden, wo inzwischen die ganze grüne Packung lag und vor sich hin stank. Dann leuchtete sein Scanner in dem Greifarm auf, erfasste mit dem Licht die Packung, den runtergefallenen Flakon und die ausgelaufene Flüssigkeit – und mit einem *Fupp!* war alles weg. Nur der Geruch war noch da.

DANIEL Als mir klar wurde, was wir da gerade gesehen hatten, wurde mir schlecht. Wenn Gigantus etwas nicht gefiel, vernichtete er es einfach?
Selbst Bens Hand zitterte, als er die Tür schloss. „Und was jetzt?", flüsterte er.
„Das wüsste ich auch gern!", ertönte eine Stimme hinter uns. Frau Kramer! Mit einer dampfenden Tasse Kaffee in der Hand stand sie da und musterte uns misstrauisch.

Mist! Wenn sie jetzt ins Lehrerzimmer ging, waren wir nah dran an einem Schulverweis und sie an einem durchdrehenden Kampfroboter.

„Wir haben angeklopft", sagte ich. „Und als niemand geöffnet hat, haben wir kurz reingeguckt. Sie sollten da lieber nicht reingehen. Nicht jetzt."

Unsere Klassenlehrerin hat manchmal einen Blick wie Yoda, wenn er Gedanken liest. Gefährlich!

„Weil da gerade zwei Lehrer knutschen", log ich.

Frau Kramers Lippen zuckten. Offenbar hatte ich genau das Falsche erreicht: Ich hatte ihre Neugier geweckt. Bevor ich mich dazwischenwerfen konnte, hatte sie auch schon die Tür aufgerissen. Sie betrat das Lehrerzimmer so entschlossen, als hätte sie in der Hand ein Laserschwert, anstatt der Kaffeetasse.

RÄTSEL:
HÄTTE DARTH VADER EINE
CHANCE GEGEN SIE?

Ben und ich drückten uns mit dem Rücken an die Flurwand – gleich würde Gigantus losschießen.

„Das ist ja wohl …" Frau Kramer musste husten.

Seltsam! Warum feuerte Gigantus nicht auf sie?

Wir spähten in den Raum. Von Gigantus keine Spur! Dafür stand das Fenster weit offen. Er musste unsere Stimmen gehört haben und abgehauen sein. Aber warum? Hatte er etwa Angst vor Lehrern?

Hastig nahm Frau Kramer ihre Sachen aus dem Regal, stürmte zu uns in den Flur und knallte die Lehrertür hinter sich zu.

BEN Sie war so wütend, dass ich vielleicht doch lieber Gigantus gegenübergestanden hätte.
„Das waren wir nicht!“, stieß Daniel hervor.
Ich nickte. Verdammt, hoffentlich glaubte sie uns!

DANIEL „Das war der Roboter!“, sagte Ben so spontan wie immer.
Ich trat ihm vorsichtig auf den Fuß, damit er die Klappe hielt.

BEN Vorsichtig? Vielleicht für einen Yeti! Der Fuß war zwei Tage lang blau!

DANIEL Unsere Lehrerin runzelte die Stirn. „Was für ein Roboter? Was meint ihr?“
Die Wahrheit hätte sie uns nie geglaubt, deshalb baute ich auf ihre Menschenkenntnis.
„So was machen wir nicht!“, sagte ich. „Ehrlich! Sie kennen uns doch! Vielleicht lag ja eine Packung Stinkbomben im Regal und ist runtergefallen – durch einen Windstoß. Das Fenster war doch offen.“

„Ja, und *ich* habe es nicht offen gelassen." Frau Kramer sah uns durchdringend an, dann seufzte sie. „Zugegeben, ich traue euch so was eigentlich nicht zu. Außerdem kann ich mir denken, was ihr wirklich im Lehrerzimmer wolltet." Sie wedelte mit der roten Brotdose, die sie gerade aus ihrem Fach genommen hatte. (Oje, Chal und Jess wurde bestimmt tierisch schwindelig!) „Kann ich mich darauf verlassen, dass ihr nie wieder Spielzeug mit in den Unterricht bringt?"

STERNENKRIEGER-ACHTERBAHN!

Wir sahen uns an und nickten. Kein Spielzeug mitzubringen, konnten wir leicht versprechen. Das hier war ja keins.

Und dann tat sie etwas, was ich einem Lehrer niemals zugetraut hätte: Sie öffnete die Dose und gab mir meine *Figuren* zurück. Einfach so.

„Ihr verschwindet jetzt so schnell wie möglich in eurem Klassenraum. Offiziell habe ich euch hier nicht gesehen. Verstanden? Aber zu Hause …"

Oh Gott! Sie wollte es meinen Eltern erzählen! Ich würde nie wieder einen neuen Monitor kriegen. Nicht mal von meinem eigenen Geld.

„Zu Hause reden wir dann darüber. Alles klar?"

„Mit oder ohne Eltern?"

„Das kommt darauf an, ob ich mit euren Antworten zufrieden bin."

BEN Wir atmeten erst mal auf. Bis zu unserem Lehrer-Verhör würde uns schon was einfallen. Und immerhin war uns eine Begegnung mit Gigantus erspart geblieben.

DANIELS REGEL NR. 1: EINER PRO TAG REICHT!

DANIEL Aber der Schultag war noch lange nicht vorbei. Und der zweite Knaller sollte erst noch kommen.
Auf dem Rückweg zum Deutschunterricht redete Chal ziemlich unsortiert auf uns ein. Kein Wunder, für die beiden Piloten musste es heftig gewesen sein! Ab und zu wurde er von Jess unterbrochen, der die Dinge in die richtige Reihenfolge brachte. Kurz vor dem Klassenraum wurde es dann spannend.
„In dem Notizbuch von diesem Jungen standen ganz viele Tipps für Spiele", sagte Chal, „aber keine Navigationskoordinaten für unseren Rückflug."
„Auch nicht irgendwas, das nach einem verschlüsselten Code aussah?", hakte ich nach (weil ich natürlich annahm, dass sie einen Cheat nicht erkennen würden, wenn sie einen sahen).
„Keine Codes. Nur Unfug über Zauberer, Piraten und die Steuerung von schnellen Autos. Lauter Kinderkram."

BEN Aber das war noch nicht das Spannendste. Die beiden hatten nebenbei auch Aarons Sporttasche gescannt. Darin befand sich ein gefütterter Karton, in dem ein Gegenstand lag. Als hätte Aaron etwas Wertvolles richtig gut schützen wollen. Also keine verschwitzten Sportklamotten oder Turnschuhe. „Zuerst dachten wir, unser Scanner spinnt“, berichtete Jess. „Aber er arbeitete vollkommen korrekt. In der Tasche lag eine Hand.“

Würg!

DANIEL Angewidert verzogen wir das Gesicht, da machte Jess eine beschwichtigende Geste. „Nicht die Hand eines Menschen, sondern eine künstliche, bewegliche Kralle aus Metall.“ Sofort fiel mir die Begegnung mit Aaron am Morgen wieder ein. Die Tasche war sehr schwer gewesen, aber wozu sollte er Teile eines Roboters mit in die Schule nehmen?

BEN Leider blieb uns keine Zeit für lange Überlegungen. Wir waren längst überfällig bei Frau Hornung. Dieser Meinung war sie leider auch. Sie warf einen Blick auf die Uhr, dann verpasste sie uns beiden einen Eintrag ins Klassenbuch.

DANIEL Es schien eine Ewigkeit zu dauern, bis die Schulglocke uns endlich erlöste. Ich konnte jedenfalls an nichts anderes mehr denken als an diese geheimnisvolle Metallhand. Als Aaron mir zulächelte, befürchtete ich, dass er mit mir zusammen nach Hause gehen wollte. Aber die Gefahr bestand nicht. Zum Glück stand er einfach auf und ging. Wir lie-

ßen ihm einen kleinen Vorsprung – und dann nichts wie hinterher! Vielleicht erfuhren wir gleich ein bisschen mehr über ihn …
Zuerst ging er in der Masse der Schüler unter, die Richtung Ausgang strömte. Aber wir entdeckten ihn wieder, als er sich aus der Menge löste und links in dem Trakt für die Naturwissenschaften verschwand. Was wollte er da? Möglichst unauffällig folgten wir ihm. Vor dem Bioraum blieb er stehen und drückte die Klinke herunter. Dann verschwand er hinter der Tür. Auch hier gab es ein Fenster zum Gang, allerdings war es für Ben und mich viel zu hoch. Nicht aber für unsere *Space Agents*. In Windeseile schwangen sie sich hinauf und fanden Halt an einem Lüftungsgitter.
„Die beiden hätten uns ein Display dalassen sollen, damit wir sehen können, was los ist", grummelte Ben voller Ungeduld.
„Du meinst, ein Display und eine Lupe", gab ich zurück. „Ihr Computer ist so groß wie einer unserer Fingernägel."
In dem Moment hörten wir Schritte. Lehrerschritte, sagte mir meine jahrelange Erfahrung. Hastig sahen wir uns um und verschwanden in der Mädchentoilette. Peinlich, aber leider der einzige Ausweg. Als die Schritte verhallt waren, spähten wir raus.

Au ha! Jetzt war eine wütende Stimme aus dem Bioraum zu hören. Offenbar war Aaron erwischt worden – wobei auch immer.
„Niemand hat sich hier aufzuhalten!", brüllte jemand. Klang sehr nach Herrn Eggers, unserem Biolehrer. „Nicht ohne Aufsicht eines Lehrers. Du weißt nicht zufällig etwas über unsere Terrarien? Irgendein Knallkopf hat sie heute Morgen nämlich alle geöffnet und leergeräumt. All unsere Mäuse, Frösche und Echsen sind verschwunden! Hast du etwas damit zu tun?"
Das klang nach Ärger!
„Kommt runter!", flüsterte ich Chal zu. Und die beiden folgten meiner Anweisung so schnell, wie sie nur konnten.
Aaron nuschelte etwas, was wir leider nicht verstehen konnten, aber es schien Herrn Eggers zu beruhigen.
„Okay, ich glaube dir", sagte er. „Schließlich ist es erst dein zweiter Schultag. Geh jetzt. Aber ich behalte dich im Auge, klar?"
Schritte näherten sich der Tür. Nichts wie weg!
Erst als wir den Schulhof erreicht hatten, traute ich mich, meine brennenden Fragen loszuwerden. „Und? Was hat Aaron da drin gemacht?", raunte ich ins Mikro, das immer noch neben meinem Mund klebte. Chal und Jess saßen wieder in meinem Rucksack. „War er an den Terrarien?"

„Nein, er ist direkt auf eine Vitrine zugesteuert und hat sie aufgemacht", berichtete Chal. „Eure Welt ist wirklich eklig: Da drin stand ein menschliches Skelett!"
„In eurer Welt gibt es Metallkäfer, die mit Säure schießen. Ist das besser?", gab ich ärgerlich zurück, aber Chal hörte kaum zu.
„Dann hat der Junge die Roboterhand aus seiner Tasche geholt und sie neben die Hand dieses Knochenbruders gehalten."
„Er hat beide Hände und ihre Knochen genau vermessen und alles in seinem Buch notiert", fuhr Jess fort. „Und er hat getestet, wie der Bewegungsablauf bei beiden funktioniert."
„Wozu das denn?", überlegte Ben laut.
Plötzlich machte es bei mir Klick. „Wisst ihr, was Aaron mir heute Morgen erzählt hat? Gestern Abend standen alle Fenster seines Hauses offen, weil es nach Farbe roch. Genau zu dem Zeitpunkt, als ich Gigantus nach draußen befördert habe. Wo könnte er wohl hingeflogen sein?"

KLINGELT'S?

Jess zögerte, dann nickte er. „Weit ist er sicher nicht gekommen. Der Roboter hatte – genau wie wir – nur noch wenig Treibstoff, als er hier ankam. Das habe ich im Lehrerzimmer begriffen. Statt an die oberen Regalfächer zu schweben, hat er die Beine lang gemacht. Und eine Anzeige an seiner Brust stand auf Rot."

„Und was sagt uns das?", fragte Ben, der immer noch auf dem Schlauch stand.
Also führte ich weitere Beweise an: „Aarons Tasche war heute Morgen verdammt schwer. Ich hab sie nämlich in die Seite gekriegt. Möglich, dass nicht nur eine Hand, sondern ein ganzer Roboter da reingepasst hätte. Was wäre einfacher für Gigantus gewesen, als direkt ins Haus gegenüber zu fliegen? Aaron hat ihn gefunden und hilft ihm bei den Reparaturen."
Ben stöhnte auf. „Das wäre total verrückt! Wer hilft denn einem Kampfroboter?"
Ich zuckte mit den Schultern. „Wer weiß, was Gigantus ihm dafür versprochen hat?"

LEVEL 10

Speichern und beenden

DANIEL „Wir müssen unbedingt rausfinden, ob der Roboter wirklich da drüben gelandet ist." Ben und ich blickten von meinem Fenster aus auf die andere Straßenseite.
„Warum?", fragte Chal.
Erstaunt drehte ich mich zu ihm um. Er turnte gerade auf seinem Jet herum, der inzwischen im Regal stand. Während Jess die Risse in der Außenhaut untersuchte, bemühte sich Chal, sie mit einem Handlaser abzudichten.
„Weil Gigantus verdammt gefährlich ist."
„Ein Stück Schrott, das sich in einer Tasche herumtragen lassen muss wie ein Baby, weil er keinen Treibstoff mehr hat, ist doch nicht gefährlich", wandte Chal ein. „Hört mal, Jungs. Ich würde euch ja gern den Gefallen tun, unsere Jetpacks schultern und da rüber-

fliegen. Aber wir haben jetzt Wichtigeres zu tun, wie du siehst."
Als Chal den Handlaser erneut ansetzte, erlosch das Gerät.
„Verdammter Mist!", motzte er los. „Jess, hol den Ersatzlaser aus der Werkzeugkiste."
Aber Jess schüttelte den Kopf. „Keine Chance. Der hatte vorhin schon keinen Saft mehr."
„Und wie sollen wir den Jet dann reparieren?", fragte Chal.
Hilflos hob Jess die Schultern. „Gar nicht?"
Ich ging näher an den Jet heran und betrachtete die schadhaften Stellen genauer.
„Das sollte kein Problem sein", sagte ich schließlich. „Lasst mich mal ran. Für mich ist das zwar das erste Raumschiff, das auch fliegen kann, aber ich habe schon viele Modelle geflickt. Man muss nur darauf achten, dass der Kleber nicht verläuft …"
Kurz darauf versiegelte ich mit ruhiger Hand die kleinen Risse mit meinem Modellbaukleber, während Chal nervös darum herumhüpfte. Jess dagegen stand relativ entspannt daneben und ein zufriedenes Lächeln breitete sich auf seinem Gesicht aus.

BEN Jetzt hätte man natürlich denken können, dass die beiden endlich bereit gewesen wären, uns zu helfen.
„Vergiss es!", sagte Chal auf meine Frage hin. Er

Schuld bin immer ich!

nutzte die Gelegenheit, Daniel den Klebstoff abzunehmen (obwohl er die kleine Flasche kaum heben konnte), und arbeitete selbst damit weiter. *Flatsch!*, da kam wohl ein bisschen viel raus. „So ein Sumpfschneckenschleim!“, schimpfte Chal und gab mir die Flasche zurück. „Weißt du, was mit Technik passiert, wenn man sie in Kleber ertränkt?“, sagte er vorwurfsvoll.

DANIEL Jess bemühte sich, Chals Entscheidung zu begründen.
„Er meint das nicht so", sagte er. „Aber wir haben selbst kaum noch Treibstoff, das wisst ihr ja. Er reicht entweder für einen Spionageeinsatz – oder für einen einzigen Versuch, unseren Jet wieder zu starten. Solange wir keinen neuen Treibstoff haben …"
„Ich besorg euch ja welchen", wandte ich ein.
„Weißt du denn schon, wo du ihn herbekommst?"
Mein Schweigen verriet mich natürlich sofort.
„Und es gibt noch einen zweiten Grund, nicht in die Höhle des Löwen zu gehen", gab Jess zu. „Gigantus ist so gut wie unbesiegbar. Wir konnten ihn nicht mal in die Knie zwingen, als wir noch unsere volle Feuerkraft hatten."
Chal funkelte Jess wütend an, schwieg aber.

BEN „Wenn die zwei sich nicht trauen, müssen wir es eben selbst machen“, sagte ich.

Daniel wirkte auf einmal etwas nervös. „Aber wir brauchen zuerst einen Plan …“
„Ach was! Wie wäre es, wenn wir Aaron morgen in der Schule einfach fragen, ob er uns mal sein Zimmer und das Haus zeigt? Das ist nicht gefährlich – und vielleicht finden wir dabei ja irgendwas Verdächtiges.“
Daniel nickte beruhigt.
Plötzlich fiel mir etwas ein. „Apropos Schule, müsstest du nicht noch eine Strafarbeit schreiben?“

MIST!

DANIEL „Erinnere mich nicht daran!“, stöhnte ich. „Aber du hast ja recht. Nur, wie soll ich das denn machen? Ich hab kein Stück zugehört. Du?“
„Ich auch nicht“, gab Ben zu.
Frustriert zog ich mein Heft aus dem Rucksack und warf es auf den Schreibtisch. „Hilfst du mir trotzdem?“

BEN Bevor ich ihm sagen konnte, dass ihm das nichts bringen würde, meldete sich Jess: „Ähm, sprecht ihr zufällig über diesen völlig veralteten Film zum Thema Energie?“
Ich nickte.
„Da könnte ich euch helfen“, erklärte er mit einem Lächeln.
Natürlich dachten wir, dass er uns jetzt ein paar Stichpunkte diktieren wollte. Voll verschätzt!

DANIEL Ja, Jess' Idee war viel besser!
„Unser Mikro war doch die ganze Zeit an, während wir in dem Rucksack waren", erklärte er, „und unser Computer zeichnet jeden Funkverkehr auf. Ich könnte versuchen, einen Filter über die Aufnahme zu legen, der nur den Sprecher aus dem Film rausholt …"
Der Wahnsinn! Ich konnte mein Glück kaum fassen. „Ernsthaft? Dann müsste ich also nur noch mitschreiben."
„Schreiben?" Jess schnaubte. „Warum seid ihr hier alle so umständlich? Das macht doch der Computer."
Ich schüttelte den Kopf. „Frau Meisenbach wird den Text nur in meiner Handschrift akzeptieren."
Jess zuckte mit den Schultern. „Wenn's weiter nichts ist …"
Verwirrt sah ich zu, wie er seinen Computer auf meinen Schreibtisch legte und eine kleine weiße Scheibe davon abklipste. Als er sie losließ, schwebte sie über meinem Erdkundeheft, als würde sie auf Befehle warten.
„Das ist doch deine Schrift?", fragte Jess.
Ich nickte. Gleich darauf raste die weiße Scheibe über mein Heft wie ein Turbo-Rasenmäher, immer hin und her.
„Okay, Vorlage gespeichert", sagte Jess. Und plötzlich kam ein Sound aus dem Computer, den ich diesem Minigerät niemals zugetraut hätte.

„Energie. Wo kommt unser Strom eigentlich her?“, näselte die bekannte Stimme von heute Morgen. Im gleichen Moment raste die kleine weiße Scheibe wieder über mein Heft. Und hinterließ eine Schrift, die genauso hässlich war wie meine eigene.

JEDER DOWNLOAD: 100 EURO AN MICH! :)

„Eine Strafarbeiten-App!“, rief ich aus. „Fantastisch!“

„Tinte auf Papier?“ Jess schüttelte missbilligend den Kopf. „Methoden aus der Steinzeit, aber wenn es hilft …“

BEN Auf einmal klingelte es an der Wohnungstür. Wir Deppen öffneten natürlich! Und wer stand da?

DANIEL Frau Kramer. Sie blieb aber nicht an der Tür stehen, sondern rauschte an mir vorbei in die Wohnung. „Wir müssen reden! Am besten in deinem Zimmer, Daniel!“ !

Jetzt war die Katastrophe nicht mehr zu verhindern. Frau Kramer würde gleich alles sehen: Wie ein Computer meine Strafarbeit machte. Und wie zwei Playmobilfiguren auf einem Raumschiff herumhüpften. Aber im selben Moment, in dem Frau Kramer mein Zimmer betrat, verstummte die nervige Stimme, die kurz davor bei der Windkraft angekommen war. Im Regal stand der Jet – und neben ihm zwei Spielfiguren aus Plastik.

„Oh, war das Video schon zu Ende?“, fragte

ich geistesgegenwärtig, griff nach meinem Handy auf dem Schreibtisch und schaltete es aus. „Wir hatten uns nämlich gerade auf Youtube eine Doku über erneuerbare Energien angesehen. Das Thema nehmen wir gerade in Erdkunde durch.″

BEN Oh Mann! Du kannst so ein Schleimer sein!

DANIEL Hauptsache glaubwürdig, oder? Leider stand Frau Kramer inzwischen direkt vor dem Regal. „Oh, sind das nicht die Figuren aus der Schule?″, fragte sie und deutete mit dem Finger auf Jess. Dabei hätte ich schwören können, dass er kurz zurückgezuckt ist.

BEN Jedenfalls hat Frau Kramer ein echt gutes Gedächtnis. „Hatte nicht heute Morgen noch einer von denen eine Kamera um den Hals hängen?“, sagte sie. „Das fand ich sehr seltsam für einen Weltraumhelden. Sah mehr nach Tourist aus, oder?“ Sie lachte.
„Dieses Laserschwert passt viel besser“, stellte sie fest und zeigte auf das schmale Ding in Chals rechter Hand.

DANIEL Damit verblüffte sie mich so sehr, dass

ich näher herankam. Wo hatte er das denn her? Dann glitt mein Blick ein Regalbrett tiefer, zu meinen Star-Wars-Figuren.
Tatsächlich! Anakin Skywalker, der vorher immer ein Schwert in die Luft gereckt hatte, war auffallend schwertlos.
„Jetzt mal zu der Sache in der Schule." Frau Kramer setzte sich auf den Drehstuhl vor meinem Schreibtisch – und mir blieb fast das Herz stehen. Genau vor ihr lag das Erdkundeheft und darüber schwebte die weiße Scheibe immer noch reglos in der Luft. „Euch ist hoffentlich klar, dass ich richtig Ärger kriegen kann, wenn herauskommt, dass ich euch nicht gemeldet habe?"
Wir nickten und hockten uns aufs Bett.
„Was habt ihr denn nun genau gesehen?" Bei der Frage sah sie uns schon wieder so tief in die Augen wie Yoda beim Gedankenlesen.
„Nichts", sagte ich.

BEN Das hast du viel zu schnell rausgehauen. Du hättest ja ein bisschen überlegen können.

= intelligent gucken, nix wissen

DANIEL So wie du in der Schule, als du was von einem *Roboter* gequatscht hast? Na jedenfalls bearbeitete sie uns noch eine ganze Weile. Ob andere Schüler in der Nähe waren. Oder Fremde. Und ob die Bemerkung mit dem Roboter wirklich ein Scherz war, es könnte ja sein …

„Natürlich meine ich keinen echten", wandte sie ein. „Wir sind ja nicht im Film. Aber es gibt doch fernsteuerbare Ufos und Drohnen. Mit so einem Ding hätte ein Schüler ja eine Stinkbombe durchs Fenster ins Lehrerzimmer bringen können. Also, falls ihr *irgendwas* gesehen habt …"

BEN Und plötzlich stand deine Mutter im Zimmer. Ausnahmsweise fanden wir es mal richtig super, dass sie ohne Anklopfen reingekommen war.
Frau Kramer sprang natürlich sofort auf. „Oh, guten Tag, Frau Gärtner! Sie sind ja doch da! Ich habe den beiden gerade ein paar Arbeitsblätter vorbeigebracht, mit denen sie sich auf die Englischarbeit morgen vorbereiten können." Sie zwinkerte ihr zu. „Als kleine Gegenleistung, weil die Jungs mir immer so nett mit den schweren Einkaufstüten helfen."

DANIEL Danke aber auch!, dachte ich.
„Englisch, stimmt ja!", rief meine Mutter aus. „Damit fangt ihr am besten gleich an!"
Und dann setzte sie noch einen drauf. „Wenn Sie schon da sind", sagte sie zu Frau Kramer, „hätten Sie nicht Lust auf eine Tasse Kaffee? Ich hätte auch noch ein paar selbst gebackene Kekse."
Als Frau Kramer ihr in die Küche folgte, wurde mir ganz anders. Reichte es nicht, dass

MÜTTER SIND SO BERECHENBAR!

meine Lehrerin im selben Haus wohnte? Musste sich meine Mutter jetzt auch noch mit ihr anfreunden?

BEN Natürlich hätten wir in Daniels Zimmer keine ruhige Minute mehr gehabt. Ist eben ein mieses Gefühl, wenn ständig die Tür aufgehen könnte, während zwei Sternenkrieger die Strafarbeit machen. Deshalb räumten wir Daniels Rucksack leer und packten stattdessen Chal, Jess, ihren Computer und den Jet rein.
Mit einem schwungvollen „Wir sind dann bei Ben und üben da!“ liefen wir an der Küche vorbei und zur Tür raus. Schnell genug, damit es keine Diskussionen gab.
Zum Glück war bei mir niemand zu Hause. So konnten Chal und Jess in Ruhe mit ihren Reparaturen weitermachen. Daniel ließen sie jetzt nicht mehr dran, den Kleber hielten sie zu zweit fest.

Klar! :-)

DANIEL Mir war es jedenfalls ganz recht, dass sie abgelenkt waren. Während Ben den Computer einschaltete, zog ich den Zettel mit den seltsamen Materialcodes aus der Hosentasche. Vielleicht wusste das Internet ja, was für ein Zeug das sein sollte. Als der Computer hochfuhr, kribbelte es ganz komisch in meinem Innern. Hatte ich erst seit gestern keinen Monitor mehr? Es kam mir schon vor wie eine Ewigkeit!

BEN Gleich muss ich weinen.

DANIEL Sehr witzig! Also, wir suchten im Internet nach den Codes – und fanden nichts.

BEN Ich tat dann etwas total Dämliches: Aus reiner Gewohnheit klickte ich *Space Agents* an. Meine Hand klickte auf *Weiterspielen* – und erst dann schaltete mein Kopf auf roten Alarm.

DANIEL Als ich die Anfangsmusik hörte, floss das Blut wieder schneller durch meine Adern. Und Sekunden nach Bens Klicks wurden wir auch schon von schwarzen Raumschiffen angegriffen (In *dem* Level waren wir hier bei Ben noch?). Meine Hand zuckte schon zum Joystick, als mir klar wurde, dass wir nicht allein waren.
„Was *ist* das?", fragte Jess mit erstickter Stimme.
„Piraten!", brüllte Chal und hangelte sich auf den Schreibtisch hoch. „Verdammt, warum schießt der Idiot in dem Jet nicht? Habt ihr Funkverbindung zu dem Piloten?"
Ben und ich sahen uns an. Was sollten wir sagen?
„Hey, das ist genauso ein Modell, wie wir es fliegen!", stieß Chal hervor. „Das muss einer von uns sein! Das heißt, es gibt noch andere da draußen, die die Erde retten können." Verzweifelt sah er uns an. „Sagt dem Piloten, er

muss bei den Piraten auf den Antrieb zielen! Links auf das Heck!"

BEN Und was tat ich? Ich lenkte den Jet durch die Angreifer hindurch, als hätte ich nie was anderes gemacht. Ballerte auf alle schwarzen Schiffe, die nicht schnell genug außer Reichweite kamen, immer auf die linke Heckseite. Hey, Chal hatte mir das Geheimnis zum Sieg verraten – zumindest im Kampf gegen die Piraten! Wie lange hatten wir an dem Level rumgeeiert? Mit ein paar gezielten Schüssen legte ich alle Schiffe lahm.

DANIEL Und ich hätte das Ganze gern rückgängig gemacht. Chal war ja nicht das Problem. Er reckte die Faust in die Luft, ging in die Knie und gab einen cowboymäßigen Siegesschrei von sich. Der blickte gar nichts. Aber Jess war einfach nur blass und starrte auf den Monitor.
„Das ist ein Computerspiel. Oder?"
Hastig klickte ich auf *Speichern* und *Spiel beenden*.
Und damit lieferte ich Jess die Bestätigung, dass er recht hatte.

AHNUNGSLOS = GLÜCKLICH

LEVEL 11

Besondere Phänomene

DANIEL Als wir nach Hause kamen, blickte ich zuerst in die Küche.

TRAURIGES „OOOOOH!“

„Sag mal, kann ich heute Abend später essen?“, fragte ich. „Bei Ben konnten wir nicht so richtig lernen. Seine Schwester hat so laut Musik gehört. Und ich hab eh noch keinen Hunger.“

Meine Mutter setzte eine ernste Miene auf. „Dann aber schnell! Soll ich Vokabeln abhören?“

Hektisch winkten wir ab. Das fehlte uns jetzt noch! Wir wollten unbedingt noch einmal mit den Piloten reden. Sie waren so still, seit wir Bens Computer ausgeschaltet hatten. Und wir hatten das Gefühl, dass sie in meinem Rucksack etwas ausbrüteten.

„Ist Frau Kramer schon lange weg?“, fragte ich meine Mutter, um sie abzulenken.

„Ja, schon über eine Stunde. Sagt mal, ist euch eigentlich aufgefallen, dass sie irgendwie anders aussieht, so ohne Brille?"
Ich warf Ben einen Blick zu. Der zuckte mit den Schultern. Ihm war wohl auch nichts aufgefallen.
„Nö. Wieso?"
„Wahrscheinlich trägt sie Kontaktlinsen, jedenfalls sieht sie irgendwie jünger und fröhlicher aus." Meine Mutter grinste. „Ich glaube ja, sie hat einen Verehrer. Ihr wisst nicht zufällig, wer das sein könnte? Ein Lehrer vielleicht?"
Ich schüttelte den Kopf. Über so einen Quatsch machten sich nur Erwachsene Gedanken. Wir hatten definitiv wichtigere Probleme.

BEN Als wir endlich in Daniels Zimmer waren und den Jet samt Chal und Jess ins Regal gestellt hatten, stiegen die beiden aus - und Jess verblüffte uns wieder mal total. Diesmal aber nicht nur uns.

DANIEL „Wir helfen euch. Wir gehen rüber in das verdächtige Haus!", verkündete Jess.
Chal fiel fast über seine Füße, als er sich nach seinem Kopiloten umdrehte. „Was hast du gesagt?", zischte er. „Und seit wann entscheidest du so was allein?"
Jess setzte sich nachdenklich auf die Kleber-

flasche – und sprang gleich wieder auf, als etwas aus der Öffnung herauskam. Beinahe wäre sein Computer hinüber gewesen! Hastig rettete er ihn und tippte darauf herum.

„Auf dem Weg hierher habe ich alle Optionen gecheckt. Ich fürchte …" Er sah Chal ernst an. „Alles deutet darauf hin, dass wir wirklich aus diesem Computerspiel gekommen sind." Chal schnaubte spöttisch, aber Jess redete einfach weiter. „In der Sekunde unseres Übergangs in diese Welt sind merkwürdige Dinge passiert, die einfach nicht sein dürften: Die Außentemperatur ist um fast dreihundert Grad gestiegen. Das Licht ist viel stärker. Logisch, weil die Sonne von Molos vierzigmal weiter entfernt ist als die Sonne dieses Planeten hier. Auch die Anziehungskraft ist viel stärker geworden. Die einzige Erklärung: Wir müssen innerhalb einer Sekunde eine gewaltige Entfernung im All zurückgelegt haben. Mit unserer Technik ist das völlig unmöglich. Also habe ich mir die Aufzeichnung unseres Unfalls mal in Zeitlupe angesehen."

DER LOGIKER:
KOMPLIZIERT – ABER GENIAL

Er drückte eine Taste und ließ die Bilder ablaufen. Auf dem winzigen Bildschirm konnten wir allerdings nichts erkennen. Nur Chal beugte sich gebannt darüber.

„Wir sind bestimmt in ein schwarzes Loch oder einen Transwarptunnel geraten", meinte er.

„Unwahrscheinlich", stellte Jess nüchtern fest.

„Besondere Phänomene treten in dieser Region des Weltalls höchstens mit einer Wahrscheinlichkeit von 0,176 Prozent auf. Aber zum Zeitpunkt des Übergangs haben wir etwas durchstoßen, das gesplittert ist." Er deutete auf die Stelle, wo bis gestern mein Monitor gestanden hatte. „Im Weltraum splittern keine Wände. Wir kommen aus dem Computer dieses Jungen."
Chal war blass geworden wie ein Glas Milch. Dann verschränkte er die Arme vor der Brust und wandte sich von Jess ab. „Blödsinn! Es gibt tausend andere Erklärungen!"

DER CHECKER: LOGIK WIRD ÜBERSCHÄTZT

BEN Der war gut! Was denn? Sternenfresserchen, die Löcher ins All beißen? Entführung durch Weltraum-Zombies?

DANIEL Aber das dachten wir natürlich nur. Den Job, Chal zu ärgern, überließen wir lieber Jess.
„Und was sollte mich jetzt dazu bringen, in das Haus zu gehen, in dem Gigantus sich versteckt?", bohrte Chal genervt nach.
Jess nickte, als hätte er die Frage erwartet. „Zwei Gründe. Erstens: Aaron hatte die Navigationskoordinaten für unsere Rückkehr nicht in seinem Notizbuch. Vielleicht finden wir ja mehr in seinem Computer. Und zweitens: Wenn wir wirklich aus diesem Spiel kommen, dann müssen wir Gigantus besiegen, um unsere Welt vor

den Venjanern zu retten. Er ist unser …" Er warf uns einen verunsicherten Blick zu. „Unser Boss-Gegner? Der Endgegner. An ihm müssen wir vorbei."

„So ein Unfug!", schimpfte Chal. Es fehlte nicht viel und ihm wäre vor Wut Rauch aus der Nase gequollen.

Jess seufzte und klappte den Computer zu. „Wer von uns beiden hat denn Besondere Phänomene an der Akademie studiert, während der andere das Fach Kampftechniken in den Kneipen der Stadt vertieft hat?"

Wir mussten grinsen, aber Chal schien das gar nicht so witzig zu finden. Er wandte sich an uns.

„Jess hat nämlich alle Streberfächer belegt, die er irgendwie neben der Ausbildung zum Raumpiloten noch schaffen konnte. Vor allem so wichtige wie Venjanische Grammatik und Morelianische Begrüßungstänze."

Er legte die Arme in den Nacken und schwang seine Hüfte, was im Raumanzug wirklich dämlich aussah.

„Wie ging das noch, Jess?", frotzelte er weiter. „Rechts vor oder links?"

Inzwischen hatte sein sonst so ruhiger Kopilot ein Gesicht wie ein roter Ballon kurz vorm Platzen.

BEN Weil wir das mit dem Platzen aber nicht sehen wollten, beruhigte ich Jess. „Daniel hat auch mal einen Extrakurs belegt, eine Mathe-AG. Durfte niemand wissen. Aber dann kam sie gar nicht zustande, weil sich zu wenige angemeldet hatten."

DANIEL Schön, dass es jetzt ALLE wissen. Danke!
Zum Glück wechselte Jess das Thema, indem er uns zeigte, wie er und Chal drüben ins Haus kommen würden. Er klipste wieder die kleine weiße Scheibe von seinem Computer und warf sie aus dem Fenster.
Zum Glück hat sie meine Strafarbeit schon fertig geschrieben!, dachte ich.
Aber sie ging gar nicht kaputt, sondern segelte zu Aarons Haus und flog dort kreuz und quer an der Fassade entlang und sogar übers Dach. Dann kehrte sie zurück.
Jess klipste sie an seinen Computer …

BEN … und dann war wieder Weltraum-Kino!
Um uns herum glitzerten weiße Linien in der Luft. Und als ich mich umdrehte, konnte ich sehen, dass es die Umrisse aller Räume in Aarons Haus waren. Es war, als könnte man durch eine Kreidezeichnung laufen wie durch ein echtes Gebäude. Man musste nur mit der Hand das Bild he-

ranziehen, dann *lief* man weiter durch die Räume. Aber der Computer hatte nicht nur die Gänge gemalt, sondern auch eine Kommode mit einer Vase. Und hinter der Badezimmertür jemanden, der auf dem Klo saß (zum Glück konnte man nichts Genaueres erkennen).

DANIEL Zurück zum Thema: Die beiden Piloten legten ihre Jetpacks um und Jess deutete auf ein offenes Fenster im Erdgeschoss.
„Zurzeit gibt es nur da unten einen Zugang." Er deutete auf den Bauplan und ich erkannte an der Einrichtung eine Küche. „Wisst ihr, welches Aarons Zimmer ist?"
Ich nickte. Seit gestern hatte ich ein paarmal rübergespäht. Dabei hatte ich Aaron immer mal wieder hinter dem Fenster oben links gesehen.
„Okay, dann lotst ihr uns jetzt per Funk da durch." Jess legte uns wieder die altbekannten Mikros auf die Handfläche. Danach sah er uns ernst an. „Ich habe unseren letzten Treibstoff in die Jetpacks gefüllt. Wir werden also sehr bald wieder welchen brauchen. Aber wenn er heute Abend für die Rückreise nicht mehr reichen sollte …" *
Ich nickte, während ich das Fenster öffnete.
„Dann holen wir euch da raus! Versprochen!"
Chal verzog das Gesicht zu einem schiefen Grinsen, nickte und im nächsten Moment sprangen die beiden todesverachtend ins Nichts.

* DRAMATISCHE PAUSE!

BEN Wahnsinn! Erst sahen sie aus wie James Bond in starker Verkleinerung, aber als sie weiter weg waren, wirkten sie eher wie Bienen – mit einem halben Kühlschrank auf dem Rücken.

DANIEL Sie hielten zielstrebig auf das Küchenfenster zu. Als sie gerade die Straße überflogen, wurde mir klar, dass sie zu tief waren. „Hochziehen! Auto von rechts!", rief ich. „Auf drei Uhr!"
Aus dem Ohrstöpsel kam ein Keuchen, dann zogen die beiden steil aufwärts. Als sie im Haus waren, drehten wir uns um zu unserem 3-D-Bauplan, der noch immer in meinem Zimmer schimmerte.

BEN Ob man das Programm auf meinen Rechner überspielen könnte? Dann könnte ich in fremden Häusern rumschnüffeln und kein Mensch würde es merken …

Ein Sensor zeigte uns, wo die beiden Piloten jetzt waren. Zwei winzige Fliegenschiss-Flecken, die sich durch das Haus bewegten.

DANIEL Ja, zum Glück war niemand in der Küche und die Türen standen offen. Langsam folgten wir den beiden Punkten aus der Küche in den Flur.
„Links abbiegen", gab ich leise durch, während Ben und ich das Gleiche taten, nur innerhalb der Linien in meinem Zimmer. Ich zoomte das Bild weiter heran.
„Am Ende des Ganges, rechts, ist eine Treppe nach oben", sagte diesmal Ben. Und unsere beiden Agenten flogen darauf zu.

Chal bringt dich um, wenn er das liest.

BEN Ein megacooles Gefühl! So müssten Computerspiele sein! Wir waren mittendrin – und trotzdem unverwundbar. Und auch hier konnte man die Spielfiguren lenken.

DANIEL Wir folgten Chal und Jess auf ihrem Weg nach oben. Da gab es einen Flur mit ein paar Türen – alle geschlossen. Mist! Die beiden hatten zwar ihre Mega-Hightech-Ausrüstung, mit der sie wahrscheinlich die Astronauten auf der ISS abhören könnten, aber waren sie auch in der Lage, eine Türklinke zu öffnen?

BEN Den letzten Satz hattest du leider laut ausgesprochen. Ja, ich weiß, aus Versehen. Aber was

Sorry, zensiert :)

da durchs Mikro zurückkam, war ein echter Shitstorm.

DANIEL Chal ist aber auch empfindlich! Er hat mir dann allerdings gleich bewiesen, was die beiden draufhaben. Das konnten wir leider nicht sehen, sondern uns nur durch den Funkverkehr zusammenreimen. Sie landeten auf dem Boden, vor der Tür, die ich ihnen durchgab. Dann schossen sie ihre Seile aus ihren Ärmeln. Hastig warnte ich sie: Aaron saß in seinem Zimmer am Computer. Sie hätten warten sollen …

BEN Voller Heldenmut rannte Chal in sein Verderben.

DANIEL Allerdings konnte auch niemand damit rechnen, dass plötzlich eine laute Stimme von unten „Abendessen!" rufen würde.
Gerade, als die beiden Piloten die Klinke mit aller Kraft hinabzogen. Eine Sekunde später herrschte absolutes Chaos. Und erst später erfuhren wir genau, was da passiert war: Aaron hatte die Tür aufgerissen (nach innen) und dadurch Chal und Jess mit in den Raum gerissen. Geistesgegenwärtig hatten die beiden sofort die Seile gekappt und sich zur Seite gerollt – ins Zimmer. Ganz knapp hinter ihnen knallte die Tür zu.
„Alles in Ordnung?", flüsterte ich ins Mikro.

Obwohl das Flüstern jetzt natürlich Quatsch war.
Eine Weile war Stille. Und wir befürchteten schon das Schlimmste.
„Uns geht es gut", erwiderte Jess dann leise. „Aber unsere Seilwinden sind beschädigt. Ich schätze, das war die letzte Tür, die wir damit geöffnet haben."

BEN Die zwei saßen in der Falle, solange die Tür zu war. Und ich musste blöderweise nach Hause.

DANIEL Also übernahm ich die Nachtschicht. Beim Abendessen hörte ich über Funk Chal und Jess dabei zu, wie sie Aarons Festplatte kopierten. Leider kriegte ich dabei nicht richtig mit, was meine Mutter alles sagte. Und schließlich schickte sie mich früher ins Bett, weil ich angeblich todmüde wirkte. Den Rest des Abends saß ich am Fenster. Und wartete. Ewig …

VOKABELN LERNEN?
AUFRÄUMEN?
SCHUHE KAUFEN?

Irgendein Geräusch ließ mich hochschrecken.
„Ist Aaron jetzt wieder im Zimmer?", fragte ich automatisch. Ich war eingeschlafen. Mein Wecker leuchtete grün im Dunkeln und zeigte 23:58 Uhr an.
„Schon eine ganze Weile", flüsterte Jess. „Aber er hat die Tür nur kurz geöffnet – zu kurz. Das Fenster ist auch geschlossen. Wir werden die Nacht wohl hier verbringen müssen."

Ich überlegte. „Vielleicht muss er nachts mal aufs Klo."
„Das ist eine Vermutung, kein Plan", knurrte Chal, und ich musste ihm recht geben.
„Nicht zu ändern", stellte Jess fest.
Das nächste Geräusch war bestimmt nur deshalb so laut, weil ich mich vorher so angestrengt hatte, um Chals und Jess' Flüstern zu hören. Mir fielen fast die Ohren ab: eine Türglocke. Aber nicht unsere - der Lärm kam aus meinem Ohrstöpsel.
Mist! Ich hatte schon lange nicht mehr aus dem Fenster geguckt. Und jetzt stand vor dem Haus gegenüber ein brauner Lieferwagen. Zwei Männer gingen darauf zu. Den einen kannte ich vom Sehen: schlank, graue Schiebermütze, graue Haare - das musste Aarons Vater sein. Der andere (muskulöse breite Schultern, gemein wirkendes Gesicht) öffnete den Lieferwagen.
„Haben Sichtkontakt mit unbekanntem Fahrobjekt!", flüsterte eine Stimme in meinem Ohr. „Stehen jetzt außen auf der Fensterbank."
„Wie seid ihr da hingekommen?", fragte ich erstaunt.
„Das Monsterkind ist von dem Lärm wach geworden, hat sein Fenster gekippt und ist wieder ins Bett getorkelt. Wir kommen rüber, sobald die Gefahr vorbei ist."
Gefahr? Der olle Lieferwagen? Seltsam finde ich es allerdings schon, wenn um Mitternacht

Leute an der Tür klingeln. Und als die beiden Männer dann auch noch diese schwarzen Säcke ausluden … Verdammt! Was war da drin?
„Korrigiere!", verkündete Chal auf einmal. „Gebe Warteposition auf und sehe mir das Ganze mal genauer an."
Die Typen kamen ihm also auch spanisch vor, aber musste er gleich wieder sein Leben riskieren?
Im Schein der Straßenlaterne sah ich einen winzigen, schwach beleuchteten Punkt, der sich von Aarons Fensterbank löste und dicht über den Lieferwagen hinwegglitt – zögernd folgte ihm ein zweiter Punkt. Wie zwei Glühwürmchen sahen sie aus.
Da stolperte der muskulöse Mann, und einer der Säcke öffnete sich. Das war die Gelegenheit! Aber die Männer verdeckten mir mit ihren Rücken die Sicht. Mist!
„Was ist *das* denn?", entfuhr es Chal.
„Das ist jetzt nicht wahr, oder?", keuchte Jess.
Eine Weile schwebten die beiden Glühwürmchen direkt über den Männern. Dann meldete sich Jess noch einmal, und seine Stimme zitterte leicht. „Fürs Logbuch: Verdächtiges Nachbarhaus erhält nächtliche Lieferung. Vier große Säcke mit menschlichen Formen. Und in mindestens einem der Säcke befindet sich ein Kopf."

LEVEL 12

Chips und Flops

DANIEL Am nächsten Morgen erzählte ich Ben, was er in der Nacht verpasst hatte. Zumindest alles bis zu der Stelle mit dem Lieferwagen. Die Schulglocke unterbrach uns an der spannendsten Stelle – ich wollte doch hören, was Ben davon hielt.
In der ersten Stunde hatten wir Sport, und wir waren schon ziemlich knapp dran. Ab in die Umkleidekabine! Gerade noch rechtzeitig kamen wir auf den Sportplatz.
„Heute macht ihr einen Tausend-Meter-Lauf", verkündete Herr Nissen. Unser Sportlehrer wollte uns wohl schwitzen sehen.

MICH. BEN SCHWITZT ERST BEI
600 KILOMETERN.

BEN Mir brannte die Neugier unter den Nägeln und ich fragte: „Was haben die beiden Piloten denn nun beobachtet?"

DANIEL Schade, dass Chal und Jess es ihm nicht selbst erzählen konnten. Natürlich konnte ich sie nicht mitnehmen. (Wo denn? In meinen Sportklamotten? Sie hockten noch im Rucksack in der Umkleide. Und Jess meinte, er könne die Zeit gut brauchen, um ihre kaputten Seilwinden zu reparieren.)

„Du meinst, was in dem Sack war, der aufgegangen ist?", fragte ich Ben und sah mich um, ob auch niemand zuhörte. „Es war der Kopf einer Frau."

Ben wurde kreidebleich.

„Ein Kopf, dem man die Haare abrasiert hatte. Aber der Sack war ja viel größer. Chal meint, darin wären Körper gewesen. Und es gab vier davon!"

HORROR!

Ben riss die Augen auf. „Du meinst, das waren Leichensäcke?"

Ich antwortete nicht, denn ich hatte ja selbst keine Ahnung, was ich davon halten sollte. Gleich darauf rief uns Herr Nissen zu den anderen und scheuchte uns auf die Bahn.

„Was soll Aarons Familie denn mit vier Leichen?", wisperte Ben mir zu, während wir langsam lostrabten.

Da ich mir die Luft beim Laufen echt einteilen musste, wenn ich nicht zusammenklappen wollte, antwortete ich nicht gleich. Außerdem gab mir das Zeit zum Nachdenken.

„Aaron versteckt einen Kampfroboter", brachte

ich schließlich keuchend hervor, „und sein Vater bekommt eine Lieferung mit Leichen. Da muss es doch einen Zusammenhang geben. Ich weiß nur noch nicht, welchen."
Ben nickte, dann sah er mich plötzlich an, als wäre ihm erst jetzt klar geworden, über was wir da sprachen. „Mensch, das ist eine Nummer zu groß für uns! Sollten wir da nicht die Polizei einschalten?"
Ich schüttelte den Kopf. „Die würden uns kein Wort glauben. Blöderweise wissen wir auch nicht, wo die Säcke jetzt sind. Das konnten wir letzte Nacht nicht mehr rausfinden. Als Chal und Jess …" – langsam ging mir die Luft aus – „den Männern folgen wollten, waren die Jetpacks leer. Treibstoff am Ende. Sie mussten zu Fuß zurückgehen, ich hab sie an unserer Ha-Haustür a-abgeholt."
„Haben sie auf dem Computer etwas gefunden?"
Ich machte den Mund auf, aber es kam nur noch ein „Später!" heraus. Für mehr Worte reichte mein Atem nicht.
Ben nickte und beschleunigte. Ich leider nicht. Sein Hobby war Fußball, meins Modellbau. Wer von uns war wohl schneller?

BEN Das kam vom vielen Quatschen …

DANIEL Witzbold! Wer hat mir denn lauter Löcher in den Bauch gefragt?

Als ich (gerade noch so im hinteren Mittelfeld) ins Ziel kam, standen alle um Aaron herum. Ich wusste natürlich nicht warum, aber mir fehlte leider die Luft für eine zusammenhängende Frage. Stattdessen warf ich Ben einen Blick zu, und der sagte es mir sofort: Aaron war die schnellste Zeit gelaufen, die Herr Nissen je bei einem Schüler gemessen hatte.

BEN Ja, unser alter Sportlehrer kriegte sich gar nicht mehr ein! Und jetzt war Aaron nicht nur der Oberzocker und Roboterfreund, sondern auch noch der Held beim Sport. Konnte er sich nicht einfach mal normal benehmen?

DANIEL Und der zweite Schock des Tages ließ

nicht lange auf sich warten. Auf dem Rückweg zu unserem Klassenzimmer überholten uns die Mädchen auf dem Gang. Und ich hörte nur ein Wort aus dem Gequassel heraus: *Englischarbeit!* Mann, das war mir glatt durchgerutscht …
Zu allem Übel kam auch noch Frau Kramer vorbei und lächelte mich an. „Daniel, streng dich an. Du weißt ja, dass deine Zeugnisnote von dieser Arbeit abhängt – und ich möchte dir wirklich keine Fünf geben."
In dem Moment war es aus mit mir. Meine Knie wurden weich und ich konnte Frau Kramer nur noch verschwommen sehen, als sie auf den Klassenraum zuging.

BEN So blass wie du aussahst, dachte ich erst, dir wäre das Laufen nicht bekommen. Bis ich begriffen habe, dass du wirklich kein Stück für Englisch gelernt hast.

DANIEL Eins verstehe ich nicht: Du hattest gelernt? Wann denn? Nein, sag's nicht! Du liest Vokabeln einmal durch und kannst sie. Glückspilz! Mein Gehirn ist irgendwie zu rutschig für Vokabeln – die halten nicht und fallen einfach wieder raus. PLOPP!
Als Chal sich in dem Moment über den Ohrstöpsel einmischte, hätte ich ihn am liebsten abgestellt wie ein Radio. Aber dann wurde mir klar, dass er etwas Nettes sagte.

„Hör zu, Junge, wir helfen dir. Du kriegst jetzt unseren weißen Chip, den du schon mal benutzt hast. Diesmal schreibt er aber nicht für dich – das wäre zu auffällig. Du musst ihn dir hinters Ohr klipsen. Von da aus nimmt er direkten Kontakt zu deinem Gehirn auf. Jess lädt gerade die Datenbank für Englisch drauf."
„Nun mal langsam", bremste ihn Jess. „Es geht nicht so leicht, nur eine Sprache rauszufiltern." Er klang etwas hektisch. „Aber das macht nichts", wandte er sich dann schon zuversichtlicher an mich. „Ich habe einfach unsere gesamte Sprachdatei draufgeladen. Damit kannst du alles – sogar Venjanisch."
Kurz vor dem Klassenzimmer stellte ich meinen Rucksack ab und tat so, als würde ich etwas suchen. Zum Glück konnte niemand sehen, wie mir ein winziger Raumpilot einen noch winzigeren weißen Chip in die Hand drückte. Ich bekam ihn kaum zwischen die Finger. Als ich ihn allerdings hinters Ohr klemmen wollte, haftete er sofort an der Kopfhaut wie ein Magnet.

BEN Sag mal, hattest du eigentlich keine Angst? Ehrlich, so was hätte ich *nie* gemacht! Kontakt mit dem Gehirn aufnehmen … Das klang total unheimlich!

DANIEL Schon, aber ich war ziemlich verzweifelt. Noch ein Aussetzer in Englisch, und meine Mutter hätte mir den Kopf abgerissen.

Als Frau Kramer die Aufgabenblätter austeilte, war mir klar, dass ich keine einzige Frage beantworten konnte. Da standen so viele Buchstaben, die keinen Sinn machten! Auch nicht mit dem Chip am Kopf. Er funktionierte nicht! Hatten die beiden mich etwa ausgetrickst?

EINZIGES ENGLISCHES WORT: BLACKOUT!

Aber Sekunden später, als ich versuchte, die erste Aufgabe zu lesen, verstand ich plötzlich alles. Was für ein krasses Gefühl! Mein Stift flog nur so über das Papier und schrieb Vokabeln und ganze Sätze, die ich noch nie im Leben gehört hatte.

Als ich zur vorletzten Aufgabe kam, dämmerte mir, dass es dämlich* war, so schnell zu arbeiten. Frau Kramer würde stutzig werden, wenn ich das Blatt schon nach zwanzig Minuten abgab. Also bemühte ich mich, möglichst angestrengt auszusehen. Ich guckte zur Decke, kaute auf dem Stift herum und schrieb nur ab und zu ein Wort hin. Als ich meine Arbeit schließlich abgab, überflog Frau Kramer die Blätter und sah mich dann wieder an wie Yoda. „Diesmal hast du aber wirklich gut gelernt. Und eine Menge geschrieben!" Sie fuhr mit dem Finger die Zeilen nach und stockte zweimal. „Ein paar Vokabeln muss ich wohl selbst erst einmal nachschlagen", fügte sie leise hinzu. Dann runzelte sie die Stirn – und ich sah zu, dass ich rauskam. Schneller als die zweifelnden Worte aus ihrem Mund.

* OK, KAPIERT!

BEN In der Pause verzogen Ben und ich uns in eine ruhige Ecke auf dem Schulhof. Chal und Jess waren gut versteckt in der Kapuze meines Sweatshirts. „Was habt ihr eigentlich auf Aarons Rechner so alles gefunden?“, wollte ich wissen, während ich die Piloten auf einen Ast in Kopfhöhe setzte. „Wir konnten die Daten noch nicht komplett auswerten“, erwiderte Jess. „Deshalb haben wir vor allem seine Kommunikationsdaten analysiert.“

SKMAN!
(SO KANN MAN'S AUCH NENNEN)

DANIEL „Ihr habt also die Mails quergelesen“, übersetzte ich. „Und dabei tatsächlich Listen mit Codes gefunden?“
„Du meinst Cheats“, verbesserte Jess mich mit einem wissenden Nicken.

BEN Ja, jetzt ließ er sich nichts mehr vormachen.

DANIEL Jedenfalls wollte ich wissen, ob sie in Aarons Haus irgendwelche Hinweise auf Gigantus gefunden hatten.
Chal und Jess waren sich unsicher.
„Wir haben das ganze Haus gescannt. Aber wenn er gerade in dem Moment nicht da war, nützt uns die Technik natürlich wenig.“ Jess öffnete noch mal die Datei mit dem Plan des Hauses. „Es gibt da aber ein kleines Gebäude im Garten.“
Ich nickte. „Kenne ich, das ist ein Schuppen. Eine Abstellkammer für Rasenmäher und so ein Zeugs.“

Jess schüttelte den Kopf. „Früher vielleicht einmal. Nach meinem Scan von gestern befinden sich darin Tische, ein großer Schrank und eigenartige Geräte …"
„Und ein paar Leichensäcke?", ergänzte Ben.
„Kann sein. Wir haben das Haus ja *vor* der Lieferung gescannt."

WAS MAN EBEN SO IM SCHUPPEN HAT …

BEN Da war aber noch was, das mir Bauchschmerzen machte. Die Sache mit Daniels Chip ging mir nicht mehr aus dem Kopf. Irgendwas hatten wir übersehen … Und plötzlich fiel es mir ein!
„Sagt mal", fragte ich Chal und Jess, „ihr habt Daniel innerhalb von Sekunden in einen Englisch-Crack verwandelt. Könntet ihr das mit eurer Technik eigentlich auch in Sport schaffen? Dass Daniel, der sonst ziemlich miese Zeiten läuft, plötzlich der Schnellste im Tausend-Meter-Lauf wäre?"

DANIEL Danke für die Loser-Plakette! Aber ich gebe zu, der Gedanke war genial.

„Davon würde ich abraten", wehrte Jess ab. „Wieso fragst du?"
Ben erzählte ihm von Aarons sagenhaftem Sprint. „Herr Nissen hat einige Male seine Stoppuhr kontrolliert, bevor er es geglaubt hat."

Jess runzelte die Stirn. „Das klingt nicht gut! Ein Chip würde alle Muskeln in seinem Körper aktivieren - auch solche, die er bisher nie gebraucht oder trainiert hat. Kurzfristig ist das in Ordnung. Er könnte ab sofort sportliche Höchstleistungen hinlegen. Langfristig hält der Körper das aber nicht durch. Vielleicht ein Jahr - danach hat euer Aaron die Muskeln eines alten Mannes. Ihr solltet ihn dringend warnen."
Chal schüttelte den Kopf. „Nicht, solange wir nicht wissen, was er vorhat. Und welchen Deal er mit Gigantus eingegangen ist. Vielleicht ist Aaron auch eine Art Werkzeug des Roboters und steht völlig in seinem Bann. Wir brauchen mehr Informationen."

BEN „Okay, und wie kriegen wir die?", fragte ich. „Wir gehen in diesen Schuppen", erwiderte Chal wild entschlossen. „Aber für die Jetpacks haben wir keinen Treibstoff mehr. Diesmal müsst ihr mitkommen."

DANIEL Na klasse!, dachte ich. Der Roboter ist gefährlich - also gehen wir doch einfach ein bisschen näher ran. Was für eine Logik! Allerdings ahnten wir da noch nicht, dass wir schon viel näher dran waren, als wir glaubten.

SELBSTMÖRDER-LOGIK!

LEVEL 13

Der Digitalisator

DANIEL In Gedanken schlich ich schon durch nächtliche Gärten, plante jeden Schritt, damit wir dem Roboter nicht unvorbereitet gegenüberstanden, als ich brutal in den Schulalltag zurückgerissen wurde. Ben und ich wollten uns gerade im Erdkunderaum auf unsere Plätze fallen lassen, da stand Frau Meisenbach auf einmal vor mir und sah mich bohrend an.

„Hast du deine Strafarbeit dabei?"

KLAR, WAR EINFACH!

Ihre Stimme verriet, dass sie immer noch sauer auf mich war. Dank Chal und Jess konnte ich ihr ganz lässig das Heft in die Hand drücken. Sie überflog den Text und sah mich erstaunt an.

„Du hast trotzdem so viel mitgekriegt?"

Ich zuckte mit den Schultern. „Den Film hatte

FVD = FENSTERDEPP VOM DIENST

ich schon mal gesehen. Deshalb hab ich gestern auch nicht mehr richtig zugehört."
Und das glaubte sie mir. Mit einem Nicken gab sie mir das Heft zurück. „Dann tu mir bitte den Gefallen und mach die Fenster zu. Lass aber eins gekippt, damit wir Luft bekommen."
Draußen waren schwarze Wolken aufgezogen. Als ich das letzte Fenster schloss, sah ich eine Bewegung aus dem Augenwinkel. Vielleicht ein Kaninchen, dachte ich mir, immerhin waren wir im Erdgeschoss.

BEN Karnickel! Der war echt gut! Und was für ein großes …

DANIEL Als ich wieder saß und der Unterricht anfing, schlugen Chal und Jess plötzlich Alarm.
„Feindannäherung auf sechs Uhr!", dröhnte es in meinem Ohrstöpsel.
In diesem Raum waren alle Fenster im Rücken der Schüler. Als Ben und ich uns möglichst unauffällig umdrehten, verschwand gerade ein langer Greifarm durch das gekippte Fenster. Aus der Handinnenfläche leuchtete ein weißes Licht – dann war der Spuk auch schon wieder vorbei.

BEN „Das war doch Gigantus, oder?", zischte ich Daniel zu. „Was will der denn schon wieder hier?"

Langsam fragte ich mich wirklich, ob er uns verfolgte. Leider konnten wir jetzt nicht nachsehen, was er da draußen machte.
„Ben“, sagte Frau Meisenbach und zeigte auf mich, „hol bitte die Atlanten und verteil sie, sodass immer zwei Schüler einen haben.“
Ich drehte mich um. Normalerweise hätten die dicken Schinken direkt hinter mir liegen sollen, gestapelt auf der Fensterbank. Aber da lag nichts.
Natürlich fragte ich Frau Meisenbach, wo die Atlanten wären. Sie runzelte irritiert die Stirn und sah im Materialschrank nach – ohne Erfolg. Schließlich lief sie zum Fenster.
„Die werden beim Lüften doch hoffentlich nicht rausgefallen sein?“
Alle kicherten, nur Daniel und ich nicht. Wir konnten uns schließlich denken, was passiert war. Als die Referendarin das Fenster aufriss, konnte ich gar nicht hinsehen. Irgendwie rechnete ich damit, dass gleich etwas Großes hochschnellen und Frau Meisenbach über die Kante nach unten reißen würde – wie ein Weißer Hai im Film. Aber sie schüttelte nur den Kopf und knallte das Fenster zu. Jetzt sah sie wütend aus.
„Solche Sachen traut ihr euch doch nur bei mir, oder?“, schimpfte sie los, ohne jemand Bestimmten anzusehen.

100 KG

0 KG

:)

DANIEL Sie war felsenfest davon überzeugt, dass jemand die Atlanten versteckt hatte. Gut so! Hauptsache, sie blieb weg vom Fenster!

„Dann schlagt eben eure Bücher auf Seite 74 auf", entschied sie. „Luisa, du liest den ersten Absatz vor. Und Sophie, mach bitte das Licht an. Da draußen wird es immer dunkler." Sophie stand auf, drückte auf den Schalter – und nichts passierte. Verblüfft sahen wir alle gleichzeitig nach oben zu den Lampen. Nur dass da keine mehr waren. Bloß ein paar hässliche Kabel.

BEN Mann, war das krass! Und was machte Frau Meisenbach? Jeder andere Lehrer hätte jetzt laut über den Hausmeister geschimpft. Oder ihn gesucht. Aber sie fiel in ihren Stuhl wie jemand, der gerade persönlich fertiggemacht worden war. Dann kramte sie in ihrer Tasche herum, holte ein Stofftuch heraus und tupfte sich damit über die Stirn. Schließlich sah sie uns alle an, einen nach dem anderen.
„Seht ihr auch, was ich sehe?" Sie deutete nach oben. „Vorhin, als ich in den Raum kam, war das Licht an. Ganz sicher! Ich habe es nur ausgemacht, weil die Fenster offen waren, damit keine Mücken reinkommen. Kann mir irgendjemand erklären, wie etwas von der Decke verschwinden kann, während ich hier im Raum bin?"
Wieder kicherten die anderen.

DANIEL Kein Wunder! Die dachten natürlich, dass sie spinnt.

BEN Und dann fragte die Meisenbach auch noch, ob wir das gewesen wären. Mit einer optischen Täuschung oder so.

DANIEL Fast konnte Frau Meisenbach einem leidtun.
„Lest jetzt in euren Büchern", sagte sie ziemlich durcheinander. „Aber bitte leise, jeder für sich, damit ich nachdenken kann."
Da meldete sich Chal noch einmal in unseren Ohrstöpseln. „Achtung, verdächtige Aktivitäten am Fenster!"

BEN Das hatte mir auch schon Frau Meisenbachs Gesicht verraten. Während alle den Text lasen und gar nicht mitkriegten, was hinter ihnen vorging, starrte sie entsetzt aus dem Fenster. Und was sie da zu sehen bekam, war Science-Fiction pur: ein Kampfroboter aus glänzendem Metall.

DANIEL Wir waren immerhin schon auf den Anblick vorbereitet. Sie nicht! Während die Arme des Roboters nach der Fassade des Gebäudes griffen, fuhr er die teleskopartigen Beine aus und wurde beeindruckend groß.
„Alle sofort zu mir!", zischte Frau Meisenbach. Sie rannte quer durch den Raum und riss eins der Fenster auf.
„Und sagt mir, was ihr da seht – und dass ich nicht verrückt geworden bin!"

WACHSTUMSSCHUB IN 0,1 SEKUNDEN!

SCHRUMPFSCHUB IN 0,2 SEKUNDEN!

Damit lehnte sie sich weit hinaus und sah nach oben. Als die ersten Schüler neben ihr ankamen, waren die Metallbeine gerade in einem der oberen Fenster verschwunden. Und auch alles andere von ihm.

BEN „Oh nein!", flüsterte ich Daniel zu. „Der Roboter hat sich an der Mauer nach oben gezogen und ist wahrscheinlich gerade in den Raum über uns eingestiegen. Welcher ist das?"
„Der Kunstraum!", erwiderte er leise. „Hey, Chal! Jess! Was macht Gigantus jetzt da oben?"
Jess antwortete sofort. „Nur mit dem Scanner kann ich das nicht genau feststellen. Aber die Tür ist nicht verschlossen, er könnte also gehen, wohin er möchte."
„Es würde mich wirklich mal interessieren, was ihn an dieser Schule so reizt", brummelte Chal. „So spannend ist es hier nun auch wieder nicht."
„Wem sagst du das!", seufzte ich.

DANIEL „Dann sollten wir das rausfinden", motzte ich ins Mikro, weil alle so entspannt reagierten, als beträfe uns das nicht. „Möglichst bevor er anfängt, Leute zu neutralisieren!"
Zum Glück klebte die ganze Klasse an den Fenstern und unterhielt sich so laut, dass niemand bemerkte, wie wir in unsere Mund-Pickel-Headsets sprachen.

„Nur die Ruhe, wir gehen ja mit!", sagte Chal. „Irgendwie sind wir doch dafür verantwortlich, dass Gigantus uns in diese Welt gefolgt ist. Dann fangen wir eben hier damit an, die Erde zu retten."

BEN Also uns und rund neunhundertfünfzig andere Schüler …

DANIEL Diesmal war es nicht schwer, den Raum unauffällig zu verlassen. Frau Meisenbach war viel zu beschäftigt. Vor allem damit, ihre Schüler davon zu überzeugen, dass sie nicht verrückt geworden war.
Chal und Jess setzte ich links und rechts auf meine Schultern.
Auf der Treppe wollte ich es dann genau wissen, bevor ich dem Roboter noch einmal gegenübertrat. „Was hat Gigantus eigentlich mit den verschwundenen Sachen gemacht? Die Stinkbombe, die Atlanten … Kann er Dinge einfach so neutralisieren? Geht das auch mit Menschen? Und wozu *Lampen*?" SCHLUCK!
Jess widersprach: „Er neutralisiert sie nicht, denn sie sind danach nicht weg. Er digitalisiert sie, verwandelt sie in Daten. Auf diese Weise hat er einen fast unbegrenzten Speicher für alles, was er gebrauchen kann. Und warum er das tut? Die Überreste der Stinkbombe wollte er sicher nur verschwinden lassen, um sei-

ne Spuren zu beseitigen. Und die Atlanten? Ich glaube, Gigantus hat überhaupt keinen Plan, wo er ist und wie er in seine Welt zurückkommt. Jetzt kann er seine Daten mit den Karten abgleichen. Gut, er hätte nicht gleich den ganzen Klassensatz klauen müssen, da war er wohl etwas gierig. Und die Lampen? Da kann ich nur eine Vermutung anstellen. Er kommt von dem dunkelsten Planeten der Galaxie. Ich glaube, er wollte einfach nie wieder ohne Licht sein."

BEN Da kamen mir fast die Tränen … Armer Kampfrobi!

Taschentuch-Alarm!

DANIEL „Er kann also alles einsammeln, was ihm in den Weg kommt?", fragte ich Jess. „Egal wie groß? Und es jederzeit wieder ausspucken?"
Jess seufzte. „Ja, genau. Das macht ihn natürlich richtig gefährlich, denn wir wissen nicht, was er so alles gespeichert hat."
Jetzt meldete sich Chal. „Nun quasselt nicht rum! Gigantus ist immer noch da drin." Er deutete auf eine Tür. „Gehen wir rein?"
Jess räusperte sich. „Doch nicht einfach so! Wir brauchen einen Plan, bevor wir den Raum betreten."
Der Typ gefiel mir!
„Aber ich habe schon eine Idee", fuhr er fort.

„Gigantus bekommt seine Befehle von den Venjanern. Er wurde von ihnen programmiert, um bestimmte Objekte zu schützen, damit ihr Volk ungestört die Erde angreifen konnte.“

Chal stöhnte auf. „Erzähl mir was Neues!“

Jess nickte. „Gigantus beherrscht zwar jede Sprache, aber seine Befehle erhält er nur auf Venjanisch. Wir brauchen also jemanden, der diese Sprache fließend spricht.“ Dabei sah er mich an. Oh nein! Der dachte doch wohl nicht, dass ich mit diesem Chip …?

ICH UND SPRACHEN?
ACH, LASST MAL …

„Hey, mal langsam!“, protestierte ich. „Hat Chal nicht erzählt, dass du auch Venjanisch kannst, Jess? Ob mit oder ohne Chip, wie wäre es, wenn *du* deinen Kopf hinhältst? Der ist viel kleiner und bestimmt schwerer zu treffen.“

Er lächelte, wie man einem Todeskandidaten zulächelt. „Ich bin mir sehr sicher, dass er unseren Jet bei unserem *Besuch* auf Molos gescannt und mich in seiner Datenbank gespeichert hat. Als Feind. Er würde nicht auf mich hören. Aber dass er mich nicht treffen könnte, ist eine Fehleinschätzung. Wenn er zielt, dann trifft er auch noch die Haare auf dem Fühler einer Fliege, glaub mir!“

„Sehr beruhigend, danke!“, sagte ich, während mein Magen sich verkrampfte. „Und was soll ich ihm sagen?“

„Ganz einfach“, erklärte Jess. „Wenn du die Tür geöffnet hast, wirst du Gigantus sofort

neue Befehle erteilen – bevor er auf dich schießen kann."
Mir blieb die Luft weg. „Und wenn sein Sofort schneller ist als mein Sofort?"
„Dann bist du Grütze an der Wand", erklärte Chal hilfsbereit.

BEN Oh Mann! Du sahst schlagartig aus wie nach vier Wochen Grippe.

DANIEL Genau so fühlte ich mich auch. Wenn ich nicht schnell genug war, würde Gigantus mich kaltmachen. Verzweifelt suchte ich nach einem Argument, das mich aus der Nummer rausholte.
„Du musst da jetzt reingehen!", sagte Chal eindringlich. „Denk an die vielen Kinder in diesem Gebäude, die sich nicht gegen einen Kampfroboter wehren können. Willst du sie einfach ihrem Schicksal überlassen?"
Ein tödliches Argument. Was soll einem denn darauf einfallen?
Chal und Jess nickten mir zu (wie dem Actionhelden im Film, bevor er sein Leben für andere riskiert und dabei auf dramatische Weise stirbt), dann sprangen sie auf Bens Schulter. Die Ratten verließen das sinkende Schiff …
Und ich suchte immer noch nach dem weltbesten Gegenargument. Da es keins gab, legte ich meine Hand auf die Türklinke und drückte sie herunter.

LEVEL 14

Venjanisch für Anfänger

DANIEL Ich entdeckte Gigantus sofort: Auf seinen Teleskopbeinen fuhr er die verschiedenen Fächer des Materialschranks an, hoch und runter. Das Schloss war aufgebrochen. (Nein, das klingt jetzt zu harmlos. Es fehlte ein großes Stück des Schranks!) Und gerade war der Roboter dabei, wieder einen Gegenstand zu neutralisieren. Einen kleinen Metallkanister mit orangefarbenen Warnhinweisen.

GROBMOTORIKER!

Als die Tür hinter mir zufiel, fuhr der Roboter herum – und starrte mich an. Das war der Moment, in dem ich etwas sagen sollte. Aber was?
„Wie erkenne ich, welche Sprache Venjanisch ist?", hauchte ich entsetzt ins Mikro.
„Denk einfach an die Venjaner", hauchte Jess zurück. „Du weißt doch, wie diese Fischmäuler aussehen, oder? Dein Wille aktiviert den Chip."

Und er hatte recht: Kaum hatte ich den Venjaner vor Augen, gab mein Mund seltsame Blubbergeräusche von sich.

BEN Daniel klang wie ein verstopfter Abfluss. Richtig eklig.

DANIEL Danke! Das nächste Mal, wenn's gefährlich wird, lasse ich dir gerne den Vortritt … Auf jeden Fall brannte mir das Blut in den Adern. Jetzt sollte es schnell gehen, das wusste ich noch. Aber *was* sollte ich ihm befehlen? „Verlass sofort das Gebäude!", sagte ich. (Glaube ich jedenfalls. Heraus kamen nur diese widerlichen Töne.)

War das richtig? Ich war mir da echt unsicher. Und als ich schon dachte, es war alles falsch, begann er, ähnliche Geräusche zu produzieren. Dabei klang seine Stimme allerdings seltsam hohl und verzerrt.
„Erbitte Identifizierungs-Code."
In meinem Kopfhörer stöhnte jemand. Jess? Was sollte das bedeuten? War das die normale Antwort eines Roboters? Oder ein Problem? Wahrscheinlich musste ich es noch einmal probieren.
„Verlass das Gebäude! Jetzt!", blubberte ich hervor.
„Erbitte Identifizierungs-Code", wiederholte Gigantus humorlos.
„Sag lieber nichts mehr", flüsterte Jess.

KLUGER RAT – DUMM, WENN MAN IHN NICHT BEFOLGT!

Na ja, einmal konnte ich es doch noch versuchen. „Verlass das Gebäude. Dein Auftrag ist beendet!"
Und das war wieder so ein Moment, in dem alles gleichzeitig passierte:
1) Gigantus hob alle vier Arme, richtete sie auf mich – und ich ahnte schon, dass das kein Händeschütteln werden sollte.
2) Die Tür hinter mir sprang auf und Ben ließ sich direkt neben mir auf den Boden fallen, wobei er einen Tisch nach vorn kippte, sodass wir Deckung hatten.
3) Chal und Jess sprangen aus Bens geöffneten Handflächen seitlich um den Tisch herum und auf den Roboter zu.

4) Als der weiße Lichtstrahl des Roboters knapp über mir die Wand traf, warf ich mich gerade runter zu Ben auf den Boden. Eine extrem hässliche Zeichnung von einem rosa Pferd verschwand von der Wand. Das hätte *ich* sein können! (Also, nicht das Pferd, sondern das neutralisierte Etwas.)

5) Mir wurde schlecht.*

6) Chal und Jess flogen wieder mal wie Tarzan an ihren Seilen durch den Raum, nur diesmal schossen sie etwas Dunkelrotes, Knotiges aus ihren Ärmeln heraus. Während es auf den Roboter zusauste, wurde es in der Luft größer und größer und entfaltete sich. Es war ein Netz aus Gummi!

BEN Das Netz legte sich über Gigantus und seine vier Arme, und als es ihn ganz bedeckte, zog es sich zu und fesselte ihn. Diesmal war *er* die Roulade. Hehe!

DANIEL Aber Gigantus war nicht auf Niederlagen programmiert, man konnte sein Computerhirn praktisch ticken hören. Und tatsächlich:

* UND ZWAR SO RICHTIG!

Auf einmal kam Bewegung in alle Greifarme. Sie drehten ihre Handflächen nach außen, weißes Licht blendete auf – und plötzlich wurde das gesamte Gumminetz digitalisiert.
„Deckung!", brüllte da eine Stimme über Funk in mein Ohr.
Ben und ich warfen uns sofort wieder hinter den Zeichentisch. Und noch während wir das taten, schoss Gigantus einen weiteren weißen Lichtstrahl an unserem Tisch vorbei in die Wand. Knapp verfehlt!
Dann raste Gigantus hinaus wie ein schwarzer Blitz.
Jess sprang neben mich und keuchte.
„Wenn ein Roboter dich dreimal bittet, dich zu identifizieren, dann antworte ihm nicht! Habt ihr hier denn von nichts eine Ahnung?"
„Ich nehme alles zurück", sagte Chal, als er zu uns kam. „Jetzt ist er kein Stück Schrott mehr, das sich in einer Tasche herumtragen lassen muss, jetzt ist er eine Gefahr."
„Ach?", fragte ich. „War dieser Roboter schon einmal ungefährlich?"
„Hast du es nicht gesehen?", zischte Chal. „Er fliegt! Er hat wieder Treibstoff!"
Ups! Das war mir in der Panik tatsächlich entgangen. Fragte sich nur, woher. Etwa aus dem Kanister, den Gigantus vorhin geschluckt hatte? Im Kunstraum unserer Schule gab es Weltraum-Treibstoff?

KUNST = KREMPEL UND NAHEZU SPACIGE TEILE

„Und das bedeutet?“, hakte ich nach.
„Dass er etwas kann, das wir nicht können. Wenn er fliegen kann, ist er wieder so unbesiegbar wie auf Molos. Und wir müssen ihn unbedingt von dem abhalten, was er vorhat. Was auch immer das sein mag. Dummerweise hat er alles digitalisiert, was ihm hier in dieser Welt vor die Greifer kam. Wenn wir nur wüssten, was! Das könnte alles sein: von der Wasserpistole bis hin zum Sternenzerstörer.“

BEN Woher soll er den denn haben? Der ist mir im Sortiment unseres Schulkiosks noch nicht aufgefallen.

DANIEL Trotzdem mussten wir Gigantus jetzt natürlich folgen. Leider. Und das war auch nicht so einfach: Der Treibstoff machte ihn schneller und unberechenbarer. Schon als wir um den Türrahmen spähten, hatten wir ihn verloren.
„Ich scanne die Schule“, sagte Jess, der inzwischen wieder auf meiner Schulter hockte, und schickte einen weißen Chip los. (Er hatte wohl mehrere.)
Während wir warteten, hörten wir aus den verschiedenen Klassenräumen die üblichen, beruhigend normalen Geräusche: Stimmen, Gepolter und aus dem Musikraum den schiefen Gesang aus dreißig gelangweilten Kehlen.

Kurz darauf schüttelte Jess verzweifelt den Kopf. „Zu viele Störungen. Mein Gerät spürt alles auf, das der Schaltzentrale eines Roboters ähnelt. Aber hier gibt es Unmengen an Smartphones, Laptops, Tablets und MP3-Player. Für einen sauberen Scan bräuchten wir Tage!"
„Und gleich ist auch noch große Pause", merkte ich an. „Dann ist hier die Hölle los."
Chal, der auf Bens Schulter stand, stemmte die Hände in die Hüften. „Ihr braucht ein leeres Gebäude? Kein Problem! Daniel, gibt es hier eine Art Sprechverbindung zu allen Vorgesetzten der Kinder?"

BEN Meinte der etwa die Lehrer?

DANIEL Mir fiel sofort das Mikro im Büro vom Direx ein. Ich erklärte den beiden Piloten, dass man damit durch alle Lautsprecher in der Schule gehört wurde.
„Aber ohne guten Grund zum Direx reinzugehen, grenzt an Selbstmord."
„Wir müssen nicht in das Büro", wandte Jess ein. „Wir können uns auch in das System hacken, wenn du mir einen dieser Sprechapparate zeigst."
Echt jetzt? Jess überraschte mich immer wieder!
Also suchten wir uns einen leeren Klassenraum, wo ich den beiden Piloten den Lautsprecher an der Decke zeigte. Mit ihren Seilen

hangelten sie sich nach oben, öffneten eine Klappe in ihren Raumanzügen und holten so etwas wie Folie heraus, die sich sofort entfaltete und wie eine Art Saugnapf an der Decke haftete. Damit waren sie so gut gesichert, dass sie mit beiden Händen frei arbeiten konnten. Einen Augenblick später klipste Jess einen weißen Chip an die Verkabelung.
„Der Datenstrom, den wir hier gleich eingeben, folgt den Kabeln bis zum Ursprungsort und wird von dort aus an alle angeschlossenen Geräte übertragen", erklärte Jess.

BEN „Irre!“, raunte ich Daniel ins Ohr. Irgendwie konnte ich nicht glauben, dass diese Weltraum-Hightech mit unserem steinzeitlichen Schulinventar vernetzt werden konnte.

DANIEL Aber es funktionierte! Chal griff nach einem Teil, das wie ein Zweig ohne Blätter aus silbernem Metall aussah, und sprach hinein.
„Achtung, Achtung!" Er schaltete kurz wieder aus und räusperte sich.
„Warte!", zischte Jess. „Hast du dir auch gut überlegt, was du sagen willst?"
„Natürlich!", gab Chal würdevoll zurück – und fuhr fort: „Dies ist eine offizielle Durchsage der Sternenflotte. Wir haben das Gebäude besetzt, um einen Ro… eine Person zu inhaftie-

ren, die eine ernste Bedrohung für diesen Planeten … ähm … für diese Schule darstellt. Wir bitten Sie daher, das Gebäude möglichst schnell zu verlassen. Bleiben Sie zusammen und seien Sie vorsichtig. Der Rob… der Eindringling ist vermutlich schwer bewaffnet. Gegenwehr könnte zu einer Katastrophe führen, bei der kein Stein auf dem anderen liegen bleibt. Also: Abhauen! Und noch was: Vermeiden Sie jede Panik!"

GEHT KLAR … HAAAAALT!

Einen Augenblick lang war es unnatürlich still. Die Geräusche um uns herum waren verstummt: kein Gepolter, keine Stimmen. Es war so friedlich wie in einer Nacht beim Campen am See …

BEN So friedlich wie kurz vor einer Alien-Invasion, meinst du.

DANIEL Meinetwegen. Die Stille verabschiedete sich dann so plötzlich, als wollten die Mauern der Schule einstürzen. Türen knallten, schwere Schritte donnerten über den Boden, begleitet von hysterischem Schreien und Kreischen. „Hat Gigantus das Feuer eröffnet?", rief Chal besorgt und ließ sich eilig an seinem Seil herunter.
Ich öffnete die Tür und spähte durch einen Spalt hinaus. „Nein, ich glaube, sie verlassen einfach nur das Gebäude. So ruhig und vernünftig, wie Schüler das eben machen, wenn man etwas von bewaffneten Eindringlingen quatscht."

BEN Es dauerte etwa zehn Minuten, bis auch die letzten Paniker frische Luft atmen konnten. Die allerletzten waren übrigens ein paar Lehrer, die versucht hatten, die Klassen in den Räumen zu halten, wie es eigentlich Vorschrift war bei einem Amoklauf. Aber niemand hätte diese durchgehende Büffelherde bremsen können. Und so hatten sie schließlich aufgegeben. Jetzt war die Schule leer – gespenstisch leer.

DANIEL Jess wies uns an, wir sollten ihn und Chal „ins Herz des Gebäudes" tragen. Wir brachten sie also in die Aula, die eingerahmt von Säulen, den Mittelpunkt der Schule bildete: ein offener, hoher Saal, den man bei einer Veranstaltung mit Vorhängen abteilen konnte. Von hier aus führten alle Flure über zwei Galerien ins Innere.
„Also, wie geht's jetzt weiter?", fragte ich und setzte die beiden auf einen der gestapelten Stühle.
Jess öffnete eine der Brustklappen seines Raumanzugs und zog etwas Blaues heraus. Dann musterte er mich und Ben von oben bis unten.
„Mit euren Alien-Armen habt ihr eine bessere Reichweite", erklärte er und gab mir und Ben irgendwelche länglichen Dinger, die aussahen wie blaue Strohhalme. Aber als wir sie nahmen, dehnten sie sich und flutschten sofort um unsere Finger herum.

„Hey! Was soll das?", beschwerte sich Ben lautstark. Und er hatte ja recht: Fesseln lassen wollten wir uns eigentlich nicht schon wieder.
„Das, was sich da um eure Finger schließt, sind Sensoren. Sie tun euch nichts", beruhigte Jess uns. „Streckt jetzt die Arme aus, so weit ihr könnt. Bewegt sie wie Gigantus' Greifarme: im Kreis und hoch und runter. Ihr werdet dabei ein Kribbeln in den Fingerkuppen spüren. Keine Angst, das sind nur leichte Stromstöße."

ACH DANN ...!

BEN „Stromstöße? Habt ihr sie noch alle?" Ich versuchte, mir die blauen Dinger von der Haut zu kratzen. Aber die waren irgendwie *in* meiner Haut. Voll unheimlich!

DANIEL Erst meckern und dann nicht genug davon kriegen … Ben war nämlich der Erste, der es ausprobierte. Und ich machte es ihm nach. Als wir in Gedanken nach Gigantus „suchten", so wie Jess es uns erklärte, gingen riesige blaue Wellen von unseren Fingern aus. Sie durchkämmten die Luft um uns und drangen sogar durch die Wände hindurch. Es war, als knisterte die Luft um uns vor lauter Strom, alles war blau erleuchtet und flackerte, als wären wir unter Wasser. Und Ben, der erst fast ausgerastet war …

BEN Ich bin nicht ausgerastet! Ist doch wohl normal, dass man so was unheimlich findet und dann doch irgendwie megacool! Oder?

DANIEL Ja. Ben fand es sogar soooo cool, dass er in Heldenpose auf einen Stuhl sprang und laut brüllte: „Bumm! Bumm!" Und dabei ließ er die blauen Wellen aus seinen Fingern schießen. Voll peinlich, sag ich euch. Aber so richtig ultrapeinlich wurde es eigentlich erst, als er rief: „Ich bin Zeraptor, der Zerstörer!"

BEN Ach, du fandst mich also peinlich? Ich dachte doch noch, wir wären allein …

DANIEL Tja, dachte ich auch. In dem Moment entdeckten wir Frau Meisenbach, die hinter einer Säule stand wie aus dem Boden gewachsen. Dabei hätte man sie leicht mit der Säule verwechseln können, so blass war sie.
„Ich wusste, dass ich recht hatte!", flüsterte sie. „Das am Fenster vorhin war doch ein Alien!"
Zögernd verließ sie ihre Deckung und zeigte mit gestrecktem Arm auf mich und Daniel, als wären wir irgendwelche Höllentiere. „Und ihr habt den Aliens geholfen. Das kann ich sogar beweisen."

HOLT DAS WEIHWASSER, SCHNELL!

Triumphierend hob sie ihr Handy hoch und wedelte damit herum. Hatte sie uns gerade eben etwa gefilmt? Mist!
„Aber jetzt wird alles gut!", sagte sie dann mit einem Lächeln auf den Lippen. Ein Lächeln wie bei der Hexe, die Hänsels Finger geprüft hat, um zu testen, ob er schon schmackhaft ist.
„Nach der seltsamen Durchsage vorhin hat Rektor Sander nämlich die Polizei gerufen. Das Gebäude ist umstellt - von einer Sondereinheit. Jetzt bin ich mal gespannt, was ihr gleich dem SEK erzählen werdet, wenn sie reinkommen!"
Mit diesen Worten wandte sie sich ab und hechtete aus der Aula ins Freie.

LEVEL 15

Dosen-Dart

DANIEL Als wir durch ein Fenster spähten, blieb uns die Luft weg: schwarz gekleidete Polizisten, wohin man auch sah! Und jeder von ihnen war bewaffnet.
„Wir ergeben uns", murmelte Ben mit blassem Gesicht.
„Hey, wir sind Kinder!", versuchte ich, ihn zu beruhigen. „Uns werden sie doch wohl nichts tun …"
Aber ich glaubte mir selbst kein Wort. In Gedanken sah ich es schon vor mir: Wir kamen aus dem Hauptportal der Schule und Frau Meisenbach zeigte mit dem Finger auf uns: „Die gehören zu den Aliens! Erschießt sie!"
„Hey, zitterst du etwa?", fragte Chal, der auf meiner Hand saß, um besser durchs Fenster sehen zu können.

Plötzlich kribbelte es in meinen Fingern. Ich konnte gar nicht anders, sie streckten sich fast von selbst nach oben aus, sodass Chal sich auf einen Tisch retten musste. Was ging denn hier ab? Die blauen Wellen schossen zur Decke des Klassenzimmers, als wollten sie mir etwas zeigen.

BEN „Mensch, mit dem blauen Licht verrätst du uns noch!“, warnte ich. „Das SEK könnte es durchs Fenster sehen und dann …“
Aber Jess hatte wohl eine Ahnung, was gerade passierte. „Der Scanner meldet ein Signal, oder?“

DANIEL Ich nickte. „Gigantus ist direkt über uns!“
Chal und Jess warfen sich einen Blick zu, dann sprangen sie auf unsere Schultern.
„Los, los! Wir müssen ihn finden!“, brüllte Jess. „Das ist der ideale Zeitpunkt! Wenn wir ihn nur ein paar Minuten festnageln, dann wird diese Sondereinheit ihn entdecken. Sollen die doch mal zeigen, was sie können!“
Klang logisch! Also rannten wir wieder über die Flure, die Treppe hinauf in den ersten Stock. Ich hoffte nur, dass die Polizisten auf den ersten Blick erkennen würden, wer von uns gefährlich war und wer nicht: der Kampfroboter oder die Schüler, die ihn in die Ecke getrieben hatten.

UNSCHLUDSBLICK ÜBEN!

BEN Oben angekommen, wurden wir langsamer und schlichen nahezu lautlos weiter.
„Hoffentlich hat er nicht gespürt, dass er gescannt wurde“, bemerkte Jess leise.
Auf jeden Fall fanden wir ihn nicht mehr in dem Raum, in dem Daniel ihn entdeckt hatte. Wir rannten hinaus und über den Gang. Irgendwo musste er doch sein!
Und dann fiel mir etwas auf. „Komisch!“, murmelte ich. „Stand hier nicht immer ein Getränkeautomat?“

DANIEL Typisch Ben! Wir jagten gerade einen Kampfroboter – und Ben dachte mal wieder nur an Cola!

BEN Das war eine wichtige Beobachtung! Das habt ihr dann ja auch schnell kapiert. Nämlich exakt in dem Augenblick, in dem eine Coladose direkt vor unseren Füßen auf den Boden knallte. Gleich darauf hagelte es Getränkedosen aller Art.

Power-Drinks!

DANIEL Natürlich suchten wir sofort nach Deckung. Da, die nächstgelegene Tür! Aber kurz bevor wir in den Klassenraum hüpften, konnte ich unseren Gegner ausmachen: Gigantus klebte an der Decke. Und aus einer Öffnung in seinem Bauch schoss er die Dosen ab wie eine Ballmaschine Tennisbälle.
„Jetzt wissen wir, wer den Getränkeautomaten geklaut hat“, stöhnte ich, während wir die

Tür von innen mit dem Rücken zudrückten. (Ein mieses Gefühl, weil die Dosengeschosse noch immer gegen das Holz hagelten.)
„So viel zum Thema *Wir nageln Gigantus fest*", brummte Ben.
„Pah!", schnaubte Chal. „Noch ist der Kampf nicht vorbei. Wie viele Dosen können schon in so einem Automaten sein? Gleich hat er keine Munition mehr und dann …"
Ein sinnvolles Ende für diesen Satz fiel ihm leider nicht ein.
Aber Jess, denn er sagte: „... senden wir Störsignale an seine Schaltzentrale."
Chal nickte, als wäre das von Anfang an sein Plan gewesen. „Das wird ihn ein paar Minuten festhalten."
Als die Einschläge gegen die Tür weniger wurden, sah Jess mich ernst an. „Auf mein Zeichen öffnest du die Tür."
Die Idee gefiel mir gar nicht. „Gehen die Signale denn nicht durchs Holz?", fragte ich.
„Doch, aber ich muss genau wissen, wohin ich zielen soll."
So richtig durchdacht klang das nicht, aber was blieb mir anderes übrig?
„Eins, zwei, drei", zählte Jess - und ich riss die Tür auf.

HAT JA SUPER GEKLAPPT!

BEN Jetzt nicht übertreiben! Du hast sie zögernd geöffnet. Was aber gut war, denn Gigantus schwebte genau vor dem Spalt. Inzwischen war er zwar dosenfrei, aber er hatte noch andere Munition.

DANIEL Kann man wohl sagen: Dicht über meinen Kopf flog ein Schwarm Bleistifte – spitz wie Dartpfeile! Mit einem Knall warf ich die Tür zu und mich gleichzeitig auf den Boden.
Jess sprang von mir runter und wirkte ziemlich enttäuscht. „Tut mir leid. Die Störsignale waren völlig wirkungslos, er muss eine Art Schutzschild haben. Aber einen Vorteil hatte die Aktion: Solange wir Gigantus beschäftigen, wird er nicht fliehen."

DARIN SIND WIR 1A!

Wie schön! Solange wir gute Opfer abgaben, würde er uns bekämpfen.
„Wann kommt endlich das SEK?", fragte ich angespannt.
Jess deutete wortlos auf meine Finger. Stimmt, ich hatte ja immer noch meinen eingebauten Scanner. Als ich die blauen Wellen ausschickte, war ich dann aber doch verblüfft.
„Ich glaube, er ist weg …"
„Was?", stieß Ben hervor und konnte mal wieder nicht warten. Er öffnete die Tür einen kleinen Spalt.
Diesmal war es totenstill. Bis Jess' Scanner piepste. „Du hast recht!"
Nun riss Ben die Tür ganz auf und wir gingen nachsehen (mit Chal und Jess auf unseren Schultern).

BEN Ein Scanner konnte natürlich nur finden, was er suchte. Und wir suchten nach etwas Großem – nicht nach diesem Kleinvieh. Wer rechnete auch damit? Vor unseren Füßen, quer über den ganzen Gang, wimmelte es von Tieren: Frösche, Echsen und Mäuse huschten durcheinander. Und dann setzte sich eine riesige Heuschrecke mitten auf meine Nase.

DANIEL „Iiiiiiieeeh, mach die weg!", schrie Ben voller Panik.
Ich ekelte mich zwar auch vor den Viechern, aber nicht ganz so sehr wie Ben. Hastig flitschte ich die Heuschrecke von seiner Nase.
„Jetzt wissen wir endlich, wer die Terrarien leer geräumt hat", sagte ich dann. „Gigantus ist wirklich nicht dumm. Er muss gespürt haben, dass Menschen sich nähern, denen er besser nicht begegnen sollte. Da hat er sich vom Acker gemacht und uns ein bisschen Ackervieh hiergelassen, damit wir ihm nicht so schnell folgen können."

BEN In dem Moment wurde es mir erst klar. „Du meinst, das SEK ist schon im Haus? Was machen wir denn jetzt? Was, wenn die uns für die Bösen halten?"

DANIEL Ich sah mich um. Zu unseren Füßen lagen zerdellte und aufgeplatzte Dosen, es hüpfte und quakte, und ein paar Stifte steckten so

tief in der Wand, dass man sich fragen würde, wie sie da reingekommen waren.
„Die würden uns hundert Jahre lang verhören", flüsterte ich. „Chal! Jess! Habt ihr nicht irgendeine Idee?"
Für eine Flucht war es zu spät. Das Haus war umstellt und jeden Moment würde das SEK um die Ecke biegen.
Chal und Jess sahen sich einen Moment lang an, als würden sie stumm miteinander diskutieren, dann nickten sie sich zu.
„Es gibt nur noch eine Lösung", sagte Jess leise. „Leider. Denn die kostet unseren Computer eine Menge Energie. Aber das sind wir euch wohl schuldig."
Sekunden später hatte Jess die blauen Kappen an unseren Fingern umprogrammiert. Statt Wellen nach außen zu senden, lief der Strom jetzt anders herum: von unseren Fingern die Arme hinauf und dann den gesamten Körper entlang.
„Was passiert mit uns?", stieß Ben panisch hervor.
„Psst!", zischte Jess in sein Ohr.
Und dann konnte ich sehen, was die blauen Wellen mit uns machten: Mein bester Freund verschwand vor meinen Augen. Zuerst seine Arme, dann der Oberkörper, dann der ganze entsetzte Ben. Und als ich meine Hände vors Gesicht hielt, waren sie nicht mehr da.
„Bin ich komplett unsichtbar?", flüsterte ich.

„Psssssssst!", hauchte Chal so nah an meinem Ohr, dass ich die Luftbewegung seines Atems spürte. „Sie sind da!"

BEN Es war wie im Kino, nur dass die Action nicht auf der Leinwand passierte, sondern direkt vor uns: Zwei schwarz gekleidete Polizisten spähten um die nächste Ecke. Die starrten uns doch direkt an? Oder nicht?
Sie gaben sich Handzeichen und marschierten dann entschlossen auf uns zu. Jeder von ihnen trug ein Gewehr an einem Schulterband. Oh Mann, ich hab noch nie solche Angst gehabt.

Das war soooo krass!

DANIEL Ich auch nicht.
„Irgendwo hier habe ich Stimmen gehört!", zischte einer der Männer.
Ich hielt den Atem an und drückte mich so fest an die Wand, dass sie beim Vorbeilaufen nicht gegen mich stießen.
Dann spürte ich links von mir eine Schulter. Bens unsichtbare Schulter.
„Weg hier!", wisperte der ebenfalls unsichtbare Jess. „Die Wirkung hält nur zwei Minuten an. Mehr konnte ich nicht programmieren, weil der Computer sonst gar keinen Saft mehr hat, und den brauchen wir noch für unsere Rückkehr."
Ich verstand: In zwei Minuten würden wir uns vor der Polizei materialisieren wie Captain Kirk beim Beamen. Super Vorstellung!

Meine Beine fingen an zu laufen, ohne dass ich ihnen den Befehl gegeben hatte. Ben rannte wohl neben mir, denn ab und zu konnte ich seinen Atem hören. Einmal rempelten wir uns an und stolperten fast übereinander. Als wir die Treppe hinunter zu unserer Klasse liefen, spürte ich meine Finger kribbeln.
Schnell!, dachte ich. Der Zauber ist gleich vorbei!
Zuerst glaubte ich, es wäre unmöglich, unsichtbar durch die Menschenmenge zu kommen, weil niemand auswich. Aber es war viel leichter. Wenn wir jemanden anrempelten, drehte sich derjenige um und motzte mit seinem Hintermann. Und als wir direkt hinter Frau Meisenbachs Rücken sichtbar wurden, bemerkte das niemand. Bis Ben Patrick ansprach.

BEN Das war doch Absicht! Dadurch hatte er das Gefühl, dass wir schon ewig hinter ihm rumstanden. „Wie lange müssen wir hier draußen denn noch warten?“, fragte ich mit gelangweiltem Blick.
Patrick zuckte mit den Schultern und grinste.

„Heute wird das jedenfalls nichts mehr mit der Schule.“

SCHAAAAAADE!

Und David fügte hinzu: „Jemand von der Polizei geht gerade rum und fragt, wer etwas Auffälliges gesehen hat. Danach können wir bestimmt nach Hause.“
Perfekt! Niemand hatte uns vermisst!

DANIEL Fast niemand. In diesem Moment drehte sich Frau Meisenbach um und starrte uns an, als hätten wir jeder vier grüne Schlangenköpfe.
„Hierher!", rief sie laut in die Menge. „Hier sind die Jungs, die den Aliens geholfen haben!"
Frau Kramer, die mit einer anderen Klasse in der Nähe stand, runzelte die Stirn und kam zu uns rüber, gleichzeitig mit Rektor Sander. Aber auch einer der Polizisten hatte den Ruf der Referendarin gehört. Verdammt, musste jetzt noch alles schiefgehen?
„Was ist los?", wollten alle drei gleichzeitig von Frau Meisenbach wissen.
„Ich habe Beweise", keuchte die Referendarin und sah triumphierend in die Runde. Ich glaube, sie war froh, dass sie endlich mal von jemandem ernst genommen wurde.
„Auf meinem Handy", sie hielt es hoch, „befinden sich Aufnahmen, die zeigen, dass diese beiden Jungs mit Außerirdischen im Bunde sind."
Rektor Sander warf Frau Kramer einen fragenden Blick zu, während Frau Meisenbach auf dem Touchscreen herumwischte. Schließlich hielt sie das Display dem Polizisten und den beiden Lehrern entgegen.
Die betrachteten das Video stirnrunzelnd und zuckten dann mit den Schultern.
„Zwei Hunde, die miteinander spielen?", fragte der Polizist irritiert.

Frau Meisenbach drehte erschrocken das Display zu sich um.
„Aber ich habe doch …" Verzweifelt klickte sie sich durchs Menü. „Ich habe die Jungs doch ein paar Sekunden lang aufgenommen!"
Der Polizist nickte ihr freundlich zu. „Wenn Sie die Aufnahme noch finden, geben Sie mir einfach Bescheid." Man konnte ihm allerdings ansehen, was er wirklich dachte, und es war nichts Nettes.
Frau Kramer legte der Referendarin den Arm um die Schulter und rieb ihr über den Rücken. „Wissen Sie was? Als ich in Ihrem Alter war, habe ich den Stress auch noch ganz anders empfunden. Lassen Sie uns das hier noch hinter uns bringen – und morgen melden Sie sich einfach krank und schlafen sich mal ein paar Tage lang aus. Nächsten Montag sieht die Welt dann schon wieder viel besser aus. Nicht wahr?"
Die letzte Frage galt Rektor Sander, in der Hoffnung, dass er ihren Vorschlag unterstützte. Aber der wirkte äußerst verärgert.
„Eine Referendarin, die den Kindern Angst vor Außerirdischen macht … Haben wir nicht schon genug Probleme? Hören Sie, in Ihrer Freizeit können Sie ja meinetwegen einen Ufo-Club gründen und mit Helmen aus Alufolie herumlaufen, gegen außerirdische Strahlung. Aber in meiner Schule brauche ich so einen Unsinn nicht!"
Sie konnte einem richtig leidtun.

BEN Aber dann überraschte sie uns alle. Als Rektor Sander sie einfach stehen lassen wollte, verstellte sie ihm den Weg.
„Wissen Sie was? Gründen Sie doch Ihren eigenen Club: den Club der Ahnungslosen." Wütend funkelte sie Frau Kramer und den Rektor an. „Aber nicht mit mir! Ich kündige!"
Herr Sander öffnete den Mund, aber so schnell fiel ihm wohl nichts Passendes ein.
Mit hoch erhobenem Kopf wandte sie sich um und ging.
„Was für ein Auftritt!", murmelte Frau Kramer.

DANIEL Ein Punkt ließ mir keine Ruhe.
„Wart ihr das, die die Aufnahme gelöscht haben?", raunte ich Chal und Jess zu, die jetzt versteckt in meiner Kapuze hockten.
„Wer sonst?", schnaubte Chal. „Du glaubst doch nicht, dass wir die Frau mit ihrem Beweismaterial einfach so gehen lassen konnten?"
In diesem Moment erschien ein Polizist am oberen Ende der Treppe und führte einen Jungen aus dem Schulgebäude hinaus. Aaron! Wo kam der denn jetzt her?
„Einen Schüler haben wir noch gefunden!", rief der Polizist. „Hatte sich auf der Toilette eingeschlossen. Zu wem gehört er?"
Frau Kramer winkte ihn zu uns herüber. „Wo hast du denn gesteckt?"
Anstatt ihr zu antworten, warf Aaron mir und

Ben einen Blick zu. „Eigentlich habe ich euch gesucht. Ihr seid doch aufs Klo gegangen, als wir in Erdkunde am Fenster rumstanden, oder?" Und ich dachte, niemand hätte bemerkt, dass wir gegangen waren! Er musste uns wohl genauso intensiv beobachten wie wir ihn. Aber warum?

BEN „*Wir* waren die ganze Zeit hier", behauptete ich. „Aber *du* warst plötzlich weg. Was hast du da drin gemacht?"
Aaron spürte wohl die Blicke der ganzen Klasse auf sich, denn er trat noch näher an uns heran und flüsterte: „Ich hätte schwören können, dass ich eure Stimmen gehört habe. Und einen Schrei. Aber nicht auf dem Weg zum Ausgang, als alle schon in Panik rausgerannt waren, sondern oben auf der Galerie."

DANIEL Dann hatte Bens Begeisterung für Heuschrecken uns also doch verraten. Ich versuchte, freundlich-naiv zu lächeln.
„Da hast du dich bestimmt geirrt. Wie hätten wir denn ungesehen an der Polizei vorbeikommen sollen? Etwa mit einem Tarnschirm?"
Aaron lachte auf, aber seine Augen blickten immer noch fragend.
„Irgendwas ist doch faul an diesem Typen", flüsterte Chal in mein Ohr. Und ausnahmsweise musste ich ihm absolut recht geben.

LEVEL 16

Sensorenohren

DANIEL „Wir haben keine Zeit mehr", sagte Chal, als wir uns in meinem Zimmer berieten. Ben und ich hockten auf unseren zwei Lieblingsstühlen vor dem jetzt computerfreien Schreibtisch und griffen abwechselnd in die Schale mit Keksen, die ich als Nervennahrung hingestellt hatte.

CHOCOLATE CHIPS
MIT WEISSER SCHOKOLADE !!!

Jess nickte und kam auf uns zu, bis zur Schreibtischkante. „Gigantus scheint sich zu verändern. So etwas wie heute darf nicht noch mal passieren."

„Was meinst du mit *verändern*?", hakte ich nach. „Meinst du, weil Aaron ihn repariert? Meinst du, dass er ihn beeinflusst?"

Chal schnaubte, ohne seine Tätigkeit zu unterbrechen. Gerade hielt er meinen Zirkel wie eine Lanze und übte, damit zu kämpfen.

„Der Zwerg?" stieß Chal hervor. „Eher beeinflusst der Roboter den Jungen. Auf jeden Fall ist Gigantus mehr, als er vorher war."
Worauf wollte er hinaus?
Jess schien ihn verstanden zu haben. „Stimmt! Bis jetzt war Gigantus eine Kampfmaschine. Seine Befehle waren simpel: Minen verteidigen. Jeden angreifen, der sich nähert. Aber hier gibt es keine Minen und keine Befehle. Und dennoch *handelt* dieser Roboter." Jess sah uns alle bedeutungsvoll an. „Entweder hat er neue Befehle erhalten, was unwahrscheinlich ist, da es hier keine Venjaner gibt, oder er hat ein neues Ziel."

BEN Chal nahm jetzt Anlauf und warf den Zirkel wie einen Speer, der dann in der Tapete stecken blieb. Konnte der Typ nicht mal fünf Minuten nichts tun? „Wenn wir den Roboter besiegen wollen", erklärte er in heldenhafter Pose, „müssen wir uns beeilen. Er wird von Tag zu Tag gefährlicher."
Jess nickte. „Es ist ein Teufelskreis: Um ihn zu besiegen, müssten wir seine Programmierung kennen. Und um die auszulesen, müssten wir ihn zuerst besiegen."

DANIEL „Die Lage wird immer ernster, deshalb müsst ihr so bald wie möglich zurück in eure Welt. Alle drei."
Als ich es aussprach, wurde mir klar, dass

mir die Piloten extrem fehlen würden. Aber es half ja nichts, einen anderen Weg gab es nicht. Deshalb erstellte ich eine Liste.
„Punkt eins: Wir brauchen einen neuen Monitor und eine neue Tastatur. Beides bekomme ich am Samstag. Mein Vater hat schon mein gesamtes Geld vom Konto und aus meinem Sparschwein eingesammelt. Dafür hat er versprochen, morgen in den Technikmarkt zu fahren.“ AUA! SCHNIEF!
Ben nahm sich zwei von meinen Schokokeksen und schob sie sich auf einmal in den Mund. „Pfkt!“ (Sollte wohl „Perfekt!“ heißen.)
„Punkt zwei: Wir brauchen den Cheat für eure Rückreise. Da sind wir bisher nicht weitergekommen.“
Neben Jess war ein Schokokrümel gelandet, den er aufhob und nachdenklich in seiner Hand drehte. „An dem Cheat bin ich noch dran. Ich hab da so eine Idee ...“
„Sehr gut“, sagte ich. So systematisch klang die Sache doch lösbar.
„Punkt drei“, zählte Jess weiter auf. „Wir müssen Gigantus mit in unsere Welt nehmen.“

BEN So viel zum Thema *lösbar*.

DANIEL Jess schien zumindest noch daran zu glauben.
„Bis heute Abend überlegen wir uns, wie wir ihn kurzfristig lahmlegen können“, erklärte

er. „Ein paar Sekunden reichen ja vielleicht schon. Dann löschen wir sein Programm und nehmen ihn mit."
„Heute Abend?", fragte ich irritiert. So schnell wollte ich Gigantus gar nicht wiedersehen. Und doch ahnte ich, was Jess dachte.
„Wir gehen rüber zu Aarons Haus und durchsuchen den Teil, den wir noch nicht kennen: den Schuppen", antwortete ich an seiner Stelle.
Jess' Lächeln war pure Anerkennung.
„Und Punkt vier ist die Reparatur des Jets", beendete er unsere Liste. „Hast du inzwischen das Material besorgen können?"
Das gute Gefühl verschwand. „Ähm … das konnte ich leider noch nicht. Ich kenne fast jedes Material, aber diese komischen Bezeichnungen von eurem Reparaturplan kennt hier niemand. Nicht mal das Internet."
Jess' Lächeln erlosch. Und Chal sah aus, als wollte er gleich den Zirkel nach mir werfen.
„Du hast versprochen, dich darum zu kümmern."
Dummerweise hatte Chal recht.
„Ähm …" Ich wollte die beiden einfach nicht enttäuschen. Und dieser starke Wille brachte mich auf eine Idee. Ganz spontan!

BEN Na ja, ich glaub eher, du warst immer noch ein Planer – nur ein schnellerer als vorher.

DANIEL „Ich weiß, was wir machen", sagte ich.

„Ich kenne vielleicht eure Bezeichnungen nicht und die stehen hier auch auf keiner Verpackung, aber euer Scanner würde das Material, das ihr braucht, doch sicher erkennen?"
Jess nickte.
„Ich bin Modellbauer", sagte ich und deutete auf das Raumschiff, das die zwei vorgestern noch klauen wollten. „Und dafür gibt es in dieser Stadt nur einen richtig guten Laden: Wellers Bastelkiste in der Brückenstraße. Da gehen wir jetzt hin – und euer Scanner sucht dort, was ihr braucht."
Jess' Gesicht leuchtete auf, aber dann fiel ihm noch etwas ein: „Wie viel Gold wird der Händler dafür haben wollen?"
„Wir zahlen natürlich für euch", erwiderte ich.

BEN Das fand ich lässig formuliert, für jemanden, der gerade seine ganze Kohle ausgegeben hatte.
„Von welchem Geld?", hakte ich nach.
Daniel lächelte. „Von deinem natürlich."
Der Weg führte zuerst durch enge Straßen mit Fachwerkhäusern, dann raus aus der Stadt ins Industriegebiet. Wir gingen gerade an einem leeren Baugrundstück vorbei, neben dem der Laden lag, als Daniel mich plötzlich hinter einen Busch zog.

DANIEL Ja, denn aus dem Laden kam ein rothaariger Junge mit Brille und einer viel zu großen Sporttasche.

„Was macht *der* denn hier?", zischte ich. Reden konnten wir jetzt aber nicht mehr – Aaron streifte fast unseren Busch. Und so watschelten wir wie die Enten in der Hocke um das Gestrüpp herum, sodass wir nicht gesehen werden konnten.

DANIEL Ich ging die Möglichkeiten durch:
a) Aaron hatte uns verfolgt. (Blödsinn! Wie hätte er dann vor uns im Laden sein können?)
b) Er hatte uns belauscht und war schneller hier gewesen. (*So* schnell?)
c) Gigantus konnte Gedanken lesen, sodass er noch schneller hier sein konnte. (Wie sollte ein Roboter das können? Menschliche Gedanken wären für ihn völlig unlogisch.)
„Diese riesige Tasche …", unterbrach Jess meine Gedanken. „Leider konnte ich sie nicht so schnell scannen, aber ich glaube, wir wissen alle, was da drin ist."

Der Roboter? So dicht vor unserer Nase?
„Sollen wir ihn verfolgen?”, fragte ich.
Jess überlegte. „Nein, der läuft uns nicht weg. Jetzt brauchen wir erst mal dringend das Material!”

BEN Als wir den Laden betraten, begrüßte uns der Typ am Tresen sehr freundlich und sah mich neugierig an. „Na, Daniel, hast du einen neuen Modellbau-Fan mitgebracht?“
Ich winkte hektisch ab. „Ganz sicher nicht!“
Daniel warf mir einen bösen Blick zu und ich verstand, dass ich mitspielen sollte. Also grinste ich und sah mich um, als wäre ich in einem tollen Computerladen.
„Ich meine, fange ja erst an, und Daniel wollte mir mal zeigen, was es so alles gibt.“ Ich nahm einen Gegenstand aus dem Regal und betrachtete ihn fasziniert.

DANIEL Und dabei hast du ausgerechnet das falsche Teil erwischt!
„Das ist mein Preisabroller”, sagte Herr Weller und streckte die Hand danach aus. „Den hatte ich vorhin liegen gelassen. Darf ich?”
Ben wurde puterrot im Gesicht.
„Was hat denn eigentlich dieser Junge gekauft, der eben hier war?”, fragte ich Herrn Weller wie nebenbei. Wir kannten uns

schon so lange, er würde mir die Frage sicher nicht übel nehmen.
„Der Rothaarige?" Herr Weller runzelte die Stirn. „Er hat nach einem speziellen Fiberglas gefragt, das ich leider nicht vorrätig hatte. Ich habe das ganze Lager abgesucht. Jetzt wird er es sich bestimmt woanders bestellen. Tja, gegen die Konkurrenz aus dem Internet kommt man nicht an …"
Ben warf mir einen vielsagenden Blick zu.
„Sonst hat er nichts gekauft?"
„Nein."
Das klang fast so, als hätte Aaron Herrn Weller abgelenkt, um hier ungestört rumstöbern zu können. Aber warum hatte er das Material, das er brauchte, nicht gleich mitgenommen? Oder hatte er es mitgenommen, aber nicht bezahlt?
„Fehlt denn irgendwas?", rutschte es mir heraus.
Herr Weller wurde blass.
„Du willst doch nicht etwa andeuten, dass der Junge mich beklaut hat, während ich im Lager herumgesucht habe?"
Ich hob beschwichtigend die Hand. „Nein, natürlich nicht!" Ohne Beweise konnte ich Aaron das nun wirklich nicht unterstellen.
„Kennt ihr den Jungen denn? Seine riesige Sporttasche kam mir gleich seltsam vor. Vor allem, weil er die hinten im Laden kurz aufgemacht hat. Verdammt, ich hätte gleich nach-

sehen sollen! Aber ich frage neue Kunden doch nicht, ob sie mir ihre Tasche zeigen …"
Ich schüttelte den Kopf. „War nur so eine Idee. Vergessen Sie es einfach!"

BEN Kurz darauf benahmen wir uns selbst ziemlich verdächtig. Während Daniel mir angeblich den Laden zeigte und über Modellbau faselte, war der Verkäufer damit beschäftigt, neue Preisschilder anzutackern. Da klappte Jess seinen Laptop auf, und plötzlich blinkten und leuchteten um uns herum weiße Linien: der 3-D-Reparaturplan! Ich hätte zu gern das Gesicht von diesem Weller gesehen, wenn er das beobachtet hätte.

EHER GAGA!

DANIEL Ich nicht!
„Hast du einen Schatten?", zischte ich Jess aufgeregt zu. „Wir brauchen nur die Liste!"
Zum Glück reagierte Jess schnell und ließ das Bild auf die Größe seines Displays zusammenschrumpfen. Dann klipste Chal einen der weißen Chips vom Computer und legte ihn in seine Handfläche. Das winzige *Ufo* stieg in die Luft und sauste los, um zu scannen, was ihm in den Weg kam.
„Das müsst ihr euch ansehen", hörten wir plötzlich die Stimme von Herrn Weller aus dem vorderen Bereich. „Hier surrt eine *weiße* Fliege herum. Ich wusste gar nicht, dass es Albino-Fliegen gibt. Wartet, gleich hab ich

sie. Die könnt ihr dann mal eurem Biolehrer zeigen."
Ein lauter Knall ertönte (wie wenn ein dickes Buch auf den Tresen gedonnert wurde).
Oh nein!, dachte ich und sah Ben geschockt an.
Doch da sagte Herr Weller schon: „Verdammt! Daneben!"

BEN Na, der hätte sich gewundert …
Jess tippte hastig etwas in seinen Computer und lenkte die *weiße Fliege* zurück zu uns, wo er sie schnell verstaute.
„Wir haben alles", flüsterte Jess. „Jetzt kann ich euch zeigen, was ich brauche. Fehlt lediglich der Treibstoff. Von dem hatte ich vorhin nur ein ganz schwaches Signal, das ist aber schon wieder weg."

DANIEL Also schickte ich Ben mit den Piloten los, um alles einzusammeln. In der Zwischenzeit wollte ich selbst noch ein bisschen stöbern. Fasziniert ließ ich meine Hand über Kunststoff, Plexiglas, Messing und Silber gleiten. Über die winzigen Details an den aufgebauten Modellen von Flugzeugen und Hubschraubern. Und schließlich blieb ich vor den großen Modellbaukästen stehen. Hier stand mein Traum, auf den ich jahrelang gespart hatte: das Flugboot-Modell mit Fernsteuerung.

389,99 EURO!
:(

Mein Traum, der zusammen mit meinem Monitor explodiert war. Aber was war das seltsame Ding daneben?

AUWEIA!

Plötzlich machte ich einen Satz rückwärts.
„Wir sind nicht allein", flüsterte ich. (Ich war so an das Mikro neben meinem Mund gewöhnt, dass ich ganz vergessen hatte, dass wir die Teile nach der Schule abgenommen hatten. Jess wollte keine Energie mehr verschwenden. Mist!)
Zwischen den Kartons, etwa eine Armlänge von mir entfernt, stand etwas Metallisches, verborgen im Dunkeln des Regals. Ich hätte es sicher für einen Haufen Schrott gehalten, wenn es nicht diesen roten Balken an der Oberseite gehabt hätte. Ein rotes Licht wanderte von links nach rechts und wieder zurück.
„Bleib stehen!", befahl Gigantus. Diesmal auf Deutsch. Er hatte inzwischen wohl begriffen, dass wir keine Venjaner waren. „Gib mir den Computer der beiden Piloten! Sind sie hier?"
Stumm schüttelte ich den Kopf.
Panisch.
Ohne eine Idee.
„Sie können nicht weit sein", kam es aus der dunklen Ecke vor mir. „Aber meine Sensoren können sie nicht genau orten. Bring sie mir. Bring mir ihren Computer. Ich will ihren Cheat."
Mein Kopf arbeitete unter Hochdruck: Wenn ich jetzt losrannte, würde der Roboter angreifen.

JEDENFALLS NICHT FÜR MICH!

Und er wäre schneller. Rennen lohnte sich nicht, es sei denn … Was ich brauchte, war eine Ablenkung!
„Berechne die Wurzel aus 64!", redete mein Mund, ohne mein Hirn nach dem Sinn gefragt zu haben.
„Acht", erwiderte die kalte Stimme zwischen den Kartons.
„Nenne die nächste Primzahl nach 8669", machte ich weiter.
Gigantus zögerte. Ja, ehrlich, er zögerte! Ich war also auf dem richtigen Weg!
„8677", antwortete er blechern, während ich einen Schritt seitwärts machte.
„Hast du schon bezahlt?", fragte ich Ben quer durch den Laden.
Er winkte mir fröhlich zu und hielt die Einkaufstüte hoch.
„Berechne die Wurzel aus 48 927 629", stieß ich hervor, dann sprintete ich los.
„Tschüss, Herr Weller, wir haben es ziemlich eilig!", rief ich nach vorn. Und Ben bedeutete ich mit einem Blick, mir sofort zu folgen.

BEN Ich kapierte erst mal gar nichts. Ich rannte, weil Daniel rannte, dass Herr Nissen begeistert gewesen wäre. Da hörte ich das Wort „Gigantus" aus seinem Mund – und rannte noch schneller.

DANIEL Erst nach einer Viertelstunde wurde

mir bewusst, dass ich noch nie so lange am Stück gelaufen war, und blieb stehen. Ben natürlich auch.
„Warum verfolgt er uns nicht?", fragte ich außer Atem. „Rechnet dieser Blecheimer noch? Das kann ja sogar mein Taschenrechner schneller!"
„Hä?", machte Ben.
So knapp wie möglich erklärte ich ihm, was passiert war und wie ich Gigantus abgelenkt hatte.
„Er nimmt vielleicht keine Befehle entgegen", sagte ich. „Aber Aufgaben löst er wohl automatisch. Schließlich ist er nichts anderes als ein außerirdischer Computer auf zwei Beinen."
„Geniale Idee!", bemerkte Jess, der gerade mit Chal aus Bens Jacke geklettert kam. „Aber wie ist er in den Laden gekommen? Dieser rothaarige Junge muss Gigantus in seiner Sporttasche reingeschmuggelt haben, damit sich der Roboter in Ruhe umsehen kann. Genau wie wir braucht er ja dringend das Material für seine Reparatur. Aber ist es ein Zufall, dass er ausgerechnet zur gleichen Zeit in den gleichen Laden geht wie wir?"
Chal verzog grimmig die Mundwinkel. „Meinst du, der Bengel hat uns ausspioniert?"
Bei *dem Wort machte es bei mir Klick. Leider erst jetzt, aber ich hatte eine gute Ent-

* AUSSPIONIERT, NICHT BENGEL!

schuldigung: Davor war ich einfach zu beschäftigt gewesen, mein Leben zu retten.
„Ausspionieren! Das ist es!“, rief ich aus. „Ob Aaron dahintersteckt, weiß ich nicht, aber auf jeden Fall weiß Gigantus, worüber wir reden, wenn wir allein sind.“
Alle starrten mich an.
„Gigantus wollte euren Computer von mir haben. Vor allem wollte er den Cheat.“

KLICK-KLICK!?

Jess runzelte die Stirn. „Das hat er aber sicher anders formuliert. Den Begriff kann er gar nicht kennen.“
Ich nickte bedeutungsvoll. „Er kannte ihn aber. Weil er uns belauscht hat.“

BEN „Die Wanze muss in deinem Zimmer sein“, folgerte ich.
Und ich konnte Daniel ansehen, wie entsetzt er war, als ihm klar wurde, dass Gigantus dort gewesen sein musste, um sie anzubringen. Fragte sich nur wann? Und wie?
„Ab sofort dürfen wir dort nichts mehr reden.“

DANIEL Und damit hast du uns ein gutes Stichwort gegeben. Denn wir alle sahen uns an und mussten plötzlich breit grinsen.
„Oder wir reden dort ganz viel“, fasste ich in Worte, was wir dachten. „Gigantus' Sensorenohren sollen qualmen, wenn er uns das nächste Mal zuhört.“

LEVEL 17

Zielplanet Erde

DANIEL Ich war total überrascht, als meine Mutter mich an diesem Abend ans Telefon rief und mir „Herr Weller" zuflüsterte. Was wollte der denn von mir? Und noch während ich ins Arbeitszimmer meines Vaters ging, um dort in Ruhe zu telefonieren, fuhr mir ein Schreck durch die Glieder. Gigantus hatte *ihm* doch hoffentlich nichts getan? Ich war davon ausgegangen, dass er für ihn völlig unwichtig war.

„Du hattest doch gefragt, ob etwas fehlt …", begann Herr Weller. „Unglaublich, aber ein Kanister mit Nitroverdünner wurde aufgestochen und leergepumpt. Wer tut denn so was?"

Ich schwieg verblüfft. Das musste Gigantus gewesen sein. Nitroverdünner … natürlich! Jetzt erinnerte ich mich auch wieder an den

MIR DAS FLUGBOOT SCHENKEN?

BINGO!

Kanister im Kunstraum. Das war Nitroverdünner! Ein Mittel, das man zum Beispiel zur Reinigung von Pinseln brauchte. Aber da sich ein Kampfroboter bestimmt nicht für saubere Pinsel interessierte, musste das der geheimnisvolle Treibstoff sein!

„Es wurde nur ein Kanister leergesoff… leergepumpt?", hakte ich nach. „Was ist mit dem Rest?" Und warum hatten Chal und Jess ihren Treibstoff nicht gefunden?

„Mehr hatte ich nicht am Lager", erwiderte Herr Weller. „Aber ich habe schon nachgeordert. Anfang nächster Woche habe ich wieder genug, falls du etwas davon brauchst …"

„Ja gern, ich komme dann vorbei."

Leider fragte er dann noch mal nach dem Jungen mit der Sporttasche, den er jetzt natürlich im Verdacht hatte. Ich antwortete ausweichend. Schließlich wusste ich nichts Genaues. Und ich wollte meinen Lieblingsverkäufer auch keinesfalls in Gefahr bringen.

Danach holte ich die anderen ins Arbeitszimmer. Vorsichtshalber, damit Gigantus nicht mithören konnte.

„Ich glaube, ich weiß jetzt mehr über euren Treibstoff", verkündete ich stolz und erzählte, was ich herausgefunden hatte. „Aber wir bekommen ihn erst in ein paar Tagen."

Chal rief euphorisch „Ja!" und reckte die Faust in die Luft.

Jess nickte skeptisch.
„Dann zeigt mir mal die anderen Materialien", sagte ich.
Beim Auspacken seufzte ich. „Oh, das ist aber ein ziemlich dickes Metall! Wie soll ich denn das zuschneiden?"
Jess warf mir einen scharfen Blick zu.
„Tut mir leid, ich habe keine Raumschiffwerft, sondern nur eine Bastelecke. Aber keine Sorge, wir kriegen das schon irgendwie hin."
Sagte ich und wusste nicht ansatzweise wie.

BEN Unsere Eltern erlaubten uns zum Glück, dass ich bei Daniel übernachten durfte. Morgen war ja Samstag. Allerdings hatte sich der Plan inzwischen etwas verschärft: Wir wollten uns nicht nur zum Geräteschuppen gegenüber schleichen, um mal kurz zu gucken. Nein, durch die veränderte Situation ging es jetzt um mehr: eine Falle für Gigantus!

DANIEL Allerdings! Geplant wurde das Ganze noch im Arbeitszimmer. Und in meinem Zimmer sprachen wir dann laut darüber, dass wir den Cheat noch gar nicht hätten, dass wir aber heute Nacht jemanden treffen wollten, der ihn uns geben würde. Das war natürlich ein ziemlich plumper Trick, aber er hatte zwei Vorteile: Erstens hielt das Gigantus hoffentlich davon ab, uns vor diesem geheimnisvollen

Treffen zu bedrohen, und zweitens war die Blechschüssel sicher nicht aufs Lügen programmiert. Woher sollte er also wissen, dass wir Menschen das gemeinerweise konnten?

BEN Am meisten Sorgen machte mir, ob unsere *Waffe* überhaupt funktionieren würde. So wie dieser ganze, umständliche Plan. Außerdem hasse ich Warten! Aber wir konnten natürlich noch nicht los. Daniels Eltern waren gerade erst ins Bett gegangen, und im Schuppen gegenüber brannte noch Licht. Ab und zu huschte ein Schatten von links nach rechts. Wer immer das war: Konnte der Typ nicht mal müde werden? Es war schon elf Uhr dreißig, da schlafen normale Menschen doch?!
„Viel länger halte ich das nicht mehr aus", murrte ich. „Lasst uns einfach runtergehen und mal gucken, wer das ist und was er da macht. Er wird uns in der Dunkelheit nicht sehen."
Prompt hörten wir den ersten Schnarcher aus dem Schlafzimmer von Daniels Eltern.
„Das war das Stichwort", flüsterte Daniel.

DANIEL Unten auf der Straße tuschelte Jess mir ins Ohr, dass wir die Mission vielleicht besser abbrechen sollten. Was hatte der denn plötzlich?
„Mein Computer hat keinen Saft mehr", seufzte er. „Ich musste ihn in der Wohnung lassen. Somit stehen uns keine Scanner zur Verfügung.

Wir werden nicht merken, wenn Gigantus sich nähert.″
Chal tat den Einwand mit einem Schnauben ab. „Heute brauchen wir keine Technik, wir haben unsere Wunderwaffe. Und sind wir ohne Computer denn keine Männer? Folgt mir!″
Mit stolz erhobenem Zirkel stand er auf meiner Schulter. Okay, sein Herz war groß, die Klappe noch größer – aber die längeren Beine hatte ich. Also machte ich mal wieder das Heldentaxi.

BEN Im Schutz der Dunkelheit war es leicht, sich bis zum Schuppen von Aarons Familie zu schleichen. Allerdings brannte immer noch Licht. Hatte der Typ keine Uhr?
„Aarons Vater“, stellte ich leise fest, als wir durchs Fenster spähten. „Vielleicht haben wir Glück und er geht jetzt *endlich* ins Bett.“

DANIEL Im Schuppen befand sich eine Werkstatt. Mit abschließbaren Metallschränken an der hinteren Wand, reichlich Werkzeug auf den Ablagen, und in der Mitte einem massiven Holztisch mit einem Schraubstock. Auf dem Tisch lag allerlei Zeug herum, das ich nicht genau erkennen konnte.
Abrupt drehte sich der schlanke Mann mit der Schiebermütze und den

BAU DIR DEINEN EIGENEN MENSCHEN! BASTELSET FÜR ANFÄNGER. COPYRIGHT: FRANKENSTEIN

grauen Haaren zu uns um – und wir gingen erschrocken in Deckung. Hatte er uns gesehen? Wahrscheinlich nicht, er räumte vermutlich nur auf. Jetzt öffnete er einen der Metallschränke. Mir blieb fast das Herz stehen, denn im mittleren Regalfach stand eine Kiste mit Augen!

BEN Es waren runde weiße Augäpfel mit Pupillen in verschiedenen Farben. Bah!

DANIEL Als der Mann sich vom Schrank wieder wegdrehte, konnten wir auch sehen, was er gerade hineingelegt hatte: einen Arm! Und im Fach unter den Augen lagen gleich mehrere davon. Verzweifelt suchte ich nach einer logischen Erklärung, aber die einzige, die mir einfiel, war ziemlich absurd.
„Kann es sein, dass Aaron in den Biotrakt geschlichen ist, weil er eine Art Bauplan brauchte?"
Jess sah mich mit großen Augen an. „Du meinst doch hoffentlich nicht …" Er fuhr sich mit den Händen durchs Gesicht.
Ben verdrehte die Augen. „Könnt ihr mal etwas deutlicher werden?"
Ich zeigte auf das Schuppenfenster. „Aaron und sein Vater reparieren Gigantus nicht einfach. Sie rüsten ihn auf. Mithilfe von menschlichen Teilen machen sie einen Bio-Hybrid-

Roboter aus ihm. Kennst du Robocop? Halb Mensch, halb Roboter. Dann wäre er nahe an der Perfektion."
„Cool", murmelte Ben.
Jess sah ihn irritiert an. „So kann man es auch nennen. Vor allem wüsste er, wie Menschen denken. Wenn er erst einmal fertig zusammengebaut ist, ist er unschlagbar."

BEN „Solange die Arme noch nicht an Gigantus montiert sind, können wir das verhindern", sagte ich.

DANIEL Das klang logisch.
Nach wenigen Minuten ging das Licht aus. Die Tür klappte auf und wieder zu. Wir hörten, wie ein Schlüssel im Schloss gedreht wurde, dann entfernten sich Schritte über die Steinplatten Richtung Haus.
„Er ist weg! Zugriff!", kommandierte Chal in mein Ohr.
Jetzt gab es kein Zurück mehr! Die Tür war abgeschlossen. Aber Chals Werkzeuge, die er aus einer seiner Brusttaschen zauberte, erwiesen sich als sehr hilfreich. Nach ein paar Handgriffen klickte das Schloss.
„Mit einem Scanner würde ich mich wohler fühlen", raunte Jess, als wir drin waren. „Taschenlampen sind so was von Steinzeit!"
Ich musste ihm recht geben. Aber nach einem kurzen Check der Werkstatt fiel mir kein Ver-

steck auf, das groß genug gewesen wäre für Gigantus. Gut! Solange er nicht hier war, um uns abzufangen, konnten wir vielleicht noch eins seiner Geheimnisse aufdecken.
„Da!", stieß Chal plötzlich hervor – und mir blieb fast das Herz stehen. „Leuchte noch mal zu dem kleinen Tisch!"
Mann, konnte der einen erschrecken! Aber da war kein Roboter, sondern eine Ansammlung von Kanistern und Metallteilen.
„Treffer!", flüsterte ich. „Das sieht doch genauso aus wie unser Einkauf bei Herrn Weller: Alublech, Plexiglas, Kleber … und Nitroverdünner."
Ich hob den Kanister an. „Aber der ist leer. Vermutlich hat Gigantus den schon vor Tagen ausgesoffen. Dann hat er in der Schule noch etwas gefunden und in Wellers Bastelkiste."
Ben pikte mich in die Seite, sodass ich beinahe laut aufgeschrien hätte. „Sag mal, täu-

sche ich mich?", raunte er uns zu. „Von außen war diese Gartenhütte doch viel größer als jetzt von innen?"
Ich leuchtete auf die gegenüberliegende Wand. Tatsächlich!
„Da ist eine Tür!", bestätigte ich.

BEN Wir waren uns einig: Hinter dieser Tür musste etwas Geheimes versteckt sein. Vielleicht die Leichensäcke?
„Könnt ihr das Schloss auch öffnen?", flüsterte ich Chal zu.
„Sicher", gab Jess zurück. „Aber wenn Gigantus dahinter sein sollte, wird er uns die ganze Tür um die Ohren pusten ..."

Und die Wand dazu!

DANIEL „Dann gucken wir eben von außen rein", schlug ich vor. „Gab es da nicht ein kleines Fenster an der Rückwand?"
Jess überlegte. „Okay, aber wir müssen *sehr, sehr* leise sein und dürfen kein Licht benutzen."
„Na toll, dann sehen wir doch nichts", sagte Ben. Aber er schien genauso froh zu sein wie ich, dass wir den Schuppen verließen.
Kurz darauf schlichen wir durchs feuchte Gras zur Rückseite. Das Fenster hier war höher und kleiner als das erste, sodass ich mich auf Zehenspitzen davorstellen musste. Chal und Jess krallten sich an meinen Ohren fest, da-

mit sie auch etwas sehen konnten, während ich mich streckte. Autsch! Das tat verdammt weh! Drinnen war es stockdunkel. Wie Ben geahnt hatte: Wir hatten keine Chance, etwas zu erkennen.
Aber im nächsten Moment kam uns der Zufall zu Hilfe. Ein Auto bog in unsere Straße ein und fuhr langsam vorbei. Die Scheinwerfer streiften das Fenster nur für einen Augenblick, aber das Licht ließ mir genug Zeit zu sehen, was ich nie sehen wollte.

BEN Daniel sprang zur Seite, als wollte er irgendwelchen Plasmastrahlen ausweichen.
„Was ist da drin?“, flüsterte ich, innerlich bereit zur Flucht.
„Kein Gigantus. Viel schlimmer!“, stieß Daniel hervor. Und dann erzählte er mir, was er gesehen hatte.

DANIEL Diesen Anblick werde ich nie wieder vergessen: dunkle Metallwesen, dazwischen menschliche Gestalten, dicht an dicht gedrängt, sodass kein Taschentuch mehr zwischen sie gepasst hätte. Ihre Gesichter konnte ich nicht sehen, nur ihre Rücken. Irgendjemand hatte tatsächlich Roboter gebaut! Aus allem, was er finden konnte: aus Metall, Kunststoff und auch aus menschlichen Teilen. Und trotzdem hatten wir uns geirrt. Das war nicht *ein*

Bio-Hybrid-Roboter! Nein, jemand stattete Gigantus mit einer ganzen Armee aus!
„Wer macht so was Bescheuertes?", stieß ich hervor. Und im nächsten Moment kam mir noch ein Gedanke: „Was, wenn das unser Empfangskomitee ist? Er weiß doch, dass wir kommen. Und ich wette, er kann diese Wesen mit einem Pieps zum Leben erwecken!"
Irgendwie spürte ich in dem Moment, dass gleich etwas passieren würde. Allerdings hätte ich mit allem anderen gerechnet, mit Laserfeuer, Ufos oder Robotern, die durch die Schuppenwand krachten. Aber nicht damit: Hinter uns ertönte eine menschliche Stimme.
„Kann ich behilflich sein?"

BEN Ich dachte, ich sterbe!

DANIEL Hastig richtete ich meine Taschenlampe auf den Busch hinter uns – und der Strahl der Lampe kreuzte sich mit dem Strahl einer zweiten, wie ein Lichtschwert.
„Daniel? Ben? Was macht ihr in unserem Garten?"
Jetzt erkannte ich ihn. Das war Aaron!
In diesem Moment schwebte hinter ihm, aus einem anderen Busch, ein Roboter hervor. Gigantus. (Ohne menschliche Körperteile, soweit wir das sehen konnten.)
Erstaunlicherweise geriet ich nicht in Panik.

Jetzt wussten wir wenigstens, wo er war. Und Aaron hatte ihn doch sicher im Griff?
„Pfeif deinen Freund zurück!", brüllte Ben. „Schnell!"
„Wen meinst du?", erwiderte Aaron.
Ben suchte nach Deckung, fand aber keine.

BEN „Mensch, mach keine Witze", beschwor ich Aaron. „Du weißt doch gar nicht, auf was du dich da eingelassen hast!"
Aber er verschränkte nur wütend die Arme vor der Brust. „Wollt ihr mir etwa drohen? In meinem eigenen Garten? Was habt ihr hier überhaupt zu suchen, mitten in der Nacht?"
„Mich!", ertönte da eine metallische Stimme.
Und Aaron drehte sich langsam um.

DANIEL Gelaber beendet. Wir hechteten links hinter den Schuppen, während Aaron rechts um den Holzbau herumlief. Danach blieb er verschwunden.
Okay, dachte ich mir, er hatte also seine stärkste Spielfigur auf uns gehetzt und sah sich den Kampf wohl lieber aus sicherer Entfernung an. Feigling!
Wir pressten uns an die Wand und starrten auf die Ecke, um die Gigantus gleich herumkommen musste. Wohin dann?
Aber die Frage erübrigte sich, denn plötzlich hörten wir ein leises Surren über uns. Der

Roboter hatte sich nicht die Mühe gemacht, uns zu folgen. Nein, er schwebte über dem Dach und betrachtete die Lage aus der Vogelperspektive. Ausweichmöglichkeiten: null.

„Gebt mir euren Computer, Erdenpiloten!", schnarrte er blechern. Offenbar hatte er Chal und Jess auf meinen Schultern entdeckt.

Jess legte schützend die Arme um die Brust, wo er normalerweise seinen Computer an einem Gurt um den Hals trug. Vermutlich hatte er gerade vor Angst vergessen, dass er sein geliebtes Gerät zurückgelassen hatte.

„Wozu?", fragte er misstrauisch.

„Gebt mir den Computer", wiederholte Gigantus stumpfsinnig. „Oder ich vernichte euch."

Nicht gerade sprachgewandt, aber auf den Punkt gebracht. Prompt hätte ich ihm gern alles gegeben, was er wollte.*

„Meinst du, wir schleppen unser Zeug ständig mit uns herum?", mischte sich jetzt Chal ein, den Zirkel kampfbereit in der Hand.

In diesem Moment fiel mir unser Plan wieder ein (den hatte ich in der Aufregung ganz vergessen).

Ich nickte Ben wortlos zu und er verstand. Hastig zog er seine *Waffe* aus der Jackentasche.

„Gigantus!", rief ich nach oben, wobei sich meine Knie in Gelee verwandelten. „Der Computer befindet sich an einem sicheren Ort."

* OKAY, FAST ALLES!

(Hoffentlich begriff er, dass es deshalb dumm wäre, uns jetzt sofort zu atomisieren!) Und wie nebenbei fügte ich hinzu: „Was ist die Wurzel aus 5382731?"

BEN Ich freute mich schon darauf, diesmal zusehen zu können, wie Daniel den Roboter mit seinen Mathefragen lahmlegen würde, damit ich ihn ungefährdet angreifen konnte. Aber irgendwas lief schief. Anstatt zu erstarren, flog Gigantus direkt auf Daniel zu. Das rote Licht in dem Balken in seinem Kopf sauste immer schneller hin und her. Manno, dachte ich, warum läuft Daniel nicht weg?

DANIEL Weil ich mit den Gelee-Knien nicht laufen konnte. Immerhin funktionierte mein Gehirn noch und sagte mir: Das Ding ist schlauer, als wir dachten. Und es lernt dazu!

KNIE + ANGST = GELEE

„Eingabe nicht berechtigt."
Okay, unser Plan hatte sich also in einer Sekunde in Müll verwandelt.
„Führt mich zu eurem Computer und übergebt ihn mir", fuhr Gigantus fort. „Alle Daten und den Cheat, der mich zurück nach Molos bringt."

BEN Da dachte ich mir, dass wir das Ganze anders angehen mussten. Wenn der Roboter wirklich dazugelernt hatte, dann konnte ich ihn ja vielleicht mit Argumenten überzeugen …
„Die nutzen dich aus. Merkst du das gar nicht?

Die Venjaner setzen dich einfach auf diesem öden Planeten Molos aus, mit einer doofen Aufgabe, mit der unsere Piloten hier nur vom Schauplatz der Invasion abgelenkt werden sollen: der Erde. Und dabei ist die echte Erde *hier*."

Auf Deutsch: Fatal Error!

Gigantus gab ein seltsames *Pling-Pling* von sich, als könnte er die Info nicht ganz verarbeiten.

DANIEL Himmel! Leider funktionierte bei Ben die Stummschalttaste nicht rechtzeitig. Dafür begriff er nun meine wilden Zeichen. Gigantus' Verwirrung war unsere einzige Chance, ihn zu erledigen – wie geplant.
Ben zückte also die *Waffe* aus meinem Bastelschrank: eine volle Flasche mit Sprühkleber. Noch besser als das Zeug, das beinahe den Jet der Piloten flugunfähig gemacht hätte. Ein Fingerdruck – und der Roboter wurde über und über mit klebrigem Zeug überzogen. Innerhalb von Sekunden bedeckte es seine ganze Oberfläche, seine Sensoren und die Greifarme. Als Gigantus seine Tentakel nach Ben ausstreckte, knirschte es schon ordentlich in den Scharnieren.
„Fehler! Fehler! Fehler!", meldete der Roboter. Und obwohl seine Stimme immer gleich klang, fand ich, dass sie jetzt etwas Verzweifeltes hatte.

BEN Ich war ein Held! Es klappte!

DANIEL Aber nur für ein paar Sekunden. Plötzlich überspülte eine klare Flüssigkeit den Roboter, die aus vielen kleinen Düsen an seinem Körper kam. Sie roch streng und erinnerte mich an meinen Modellbau … Oh nein!

„Er hat eine Selbstreinigungsanlage!", brüllte Jess in mein Ohr.

Auch ich hatte den Geruch inzwischen erkannt: Nitroverdünner! Nicht nur Gigantus' Treibstoff, sondern auch noch ein fantastischer Reiniger für Klebstoff.

„Weg hier!", schrie jemand. (Ich glaube, ich war es selbst.)

Völlig kopflos rannten wir los. Neben mir geriet Ben ins Stolpern. Fiel ins Gras. Lag völlig hilflos da, während Gigantus immer näher kam. Ben würde nicht schnell genug aufstehen können. Ich blieb stehen, konnte nicht vor und nicht zurück. Was sollte ich nur tun?

Doch plötzlich raste etwas Schnelles von hinten auf Gigantus zu. Gebannt starrten wir auf die dunkle Gestalt im Mondlicht. Aaron? Kam der aus seinem Loch, um aus der Nähe zuzusehen, wie sein Geschöpf uns fertigmachte?

Aber es lief ganz anders. In seinen Händen trug er etwas Schweres, Dunkles. Und dann sprühte er los.
„Du magst also keinen Kleber?“, brüllte er. „Dann sieh dir das an: drei Liter im Sonderangebot, du Metall-Godzilla!“
Der Roboter wandte sich um und bekam die volle Ladung ab.

BEN Eigentlich war Aarons Leben in diesem Moment keinen Cent mehr wert, dachte ich. Aber er hatte Gigantus überrascht. Und seine Flasche war wesentlich größer als unsere. Wo hatte er die nur so schnell her? Jedenfalls war sie noch lange nicht leer.

DANIEL Gigantus musste zu einem ähnlichen Schluss gekommen sein, denn plötzlich schoss etwas Silbernes aus ihm heraus, direkt auf Aaron zu. Der Ärmste hatte keine Chance: Das Geschoss ließ ihn in hohem Bogen ins Gebüsch fliegen, wo er reglos liegen blieb.
Dann stieg der Roboter wie eine Rakete hinauf in den Nachthimmel. Ich konnte mehr riechen als sehen, dass er sich dabei reinigte. Ein feiner Regen aus Nitroverdünner nieselte auf uns herunter, sodass wir die Gesichter abwenden mussten.

AUTSCH!!!

Was er dann verkündete, klang äußerst unheilvoll: „Standort neu berechnet. Ziel erreicht: Planet Erde. Nächste Stufe: Einleitung der Invasion.“ Eine logische Kette, der ich leider folgen konnte. „Neues Ziel: den Venjanern ein Tor in diese Welt öffnen.“
Damit flog er auf das Fenster meines Zimmers zu. Einen Augenblick lang dachte ich, wir müssten ihn verfolgen, aber Jess schüttelte niedergeschlagen den Kopf.
„Wir kämen eh zu spät“, sagte er. „Unseren Computer hat er schnell gefunden. Und was sollten wir gegen ihn unternehmen?“
Na super! Wie hatten wir je glauben können, schlauer zu sein als Gigantus? Schwerer Fall von Unterschätzung!

BEN Und ich war der Depp, der die Zielscheibe auf die Erde geklebt hatte.

LEVEL 18

Käfig der Monstren

DANIEL Ein Gedanke flatterte in meinem Hirn herum wie ein verschreckter Vogel: Aaron hatte Gigantus angegriffen und uns damit das Leben gerettet. Auf wessen Seite stand er eigentlich?

„Und jetzt?", fragte Ben.

„Wir sollten dem Jungen helfen", merkte Jess an. „Und ihn suchen."

Mit der Taschenlampe leuchtete ich ins dichte Gebüsch. Vergebens. „Habt ihr gesehen, wo er hingeflogen ist?"

Aber noch bevor sie antworten konnten, kam Aaron aus dem Blätterwald gekrochen. In der Hand hielt er eine verbeulte Dose Cola Light. „Mit wem redet ihr da?", fragte er irritiert. Und dann fiel sein Blick auf Jess und Chal.

BEN Aaron stand der Mund offen. Kein Wunder. Er sah uns eine gefühlte Ewigkeit sprachlos an, dann brachte er mit matter Stimme hervor: „Sagt mir, dass das alles nur ein Traum ist. Dass ich eben nicht von einem Roboter mit einer Dose beworfen wurde.“ (Aha, Gigantus hatte also noch eine übrig gehabt.) „Und hier auch keine komischen Sammelfiguren herumlaufen, als wären sie lebendig.“
Ich hätte gern Ja gesagt, aber wie lange hätte er uns das geglaubt?

Passiert uns jeden Tag!

DANIEL Ich fand, es war Zeit für eine freundschaftliche Geste, nachdem wir Aaron für unseren schlimmsten Feind gehalten hatten. Also reichte ich ihm eine Hand, um ihm auf die Beine zu helfen. Er nahm sie zögernd und sah sich um, als wäre er gerade aufgewacht. Dann fiel sein Blick auf Chal und Jess, die sich an meiner Schulter festhielten.
Aaron musterte sie skeptisch. „Haben die Dinger Batterien?"
Bei dem Wort *Dinger* krallte Chal seine Finger in meine Haut. Was ziemlich wehtat.
„Habt ihr noch mehr von denen? Und wie programmiert man die? Kann ich sie sagen lassen: ‚Möge die Macht mit dir sein?'"
Aaron kicherte.

BEN Chals und Jess' Gesicht hättet ihr sehen sollen!

„Nein, kannst du nicht!“, erwiderte Jess würdevoll von Daniels Schulter aus. „Die *Dinger* entscheiden selbst, was sie tun – genau wie du. Ich nehme an, du hältst uns für Figuren, nur weil wir klein sind? Weißt du, der Größte bist du auch nicht gerade.“
Aaron geriet ins Stottern. „Na ja … ich … äh …“ Schließlich sah er Daniel und mich an. „Die können doch nicht echt sein, oder?“
Ben und ich grinsten. Jetzt hatte er es endlich begriffen!
Aber dann setzte er nach: „Gehört der Roboter auch zu euch?“

BEN Verarschte der uns gerade?
„Zu uns?“, stieß ich hervor. „Hast *du* den nicht bis heute in eurem Schuppen versteckt? Und an ihm rumgebastelt, ihn aufgerüstet wie einen Transformer?“

DANIEL Na ja, Ben hielt eben noch an unserer Theorie fest. Nur dass sie jetzt total überholt klang.
Aaron riss überrascht die Augen auf – und ich wollte ihm einfach gern glauben.
„Ich?“ Er lachte auf. „Was wir da drinnen bauen …“ Dann bremste er sich plötzlich selbst. „Nee, erst seid ihr dran mit Erklärungen! Auf *die* bin ich nämlich wirklich gespannt.“

Was hätten wir tun sollen? Nach seinem Rettungsmanöver hatte Aaron eine ehrliche Antwort verdient. Also erzählten Ben und ich ihm die ganze Geschichte: vom kaputten Monitor, von den Piloten in der Schule, wie es zu dem SEK-Einsatz gekommen war und von der Begegnung im Bastelladen.

Danach schüttelte Aaron ungläubig den Kopf. „Die sind aus *Space Agents*? Ihr habt einen Knall!"

Aber als Chal und Jess das Ganze noch mal aus ihrer Sicht erzählten, wurde ihm wohl klar, dass es keinen Sprachchip mit so vielen Wörtern geben konnte. Und so viel Angeberei und so viel Klugscheißerei.

LOGO: CHAL!

TYPISCH: JESS!

„Verstehe ich das richtig? Ihr braucht den Roboter für eure Rückkehr – und jetzt ist er euch entkommen?", hakte er nach.

BEN Er fand die Wunde und bohrte darin herum. Toll!

„Was hätten wir denn tun sollen?", verteidigte ich uns. „Gigantus ist uns haushoch überlegen.

„Und du bist sicher, dass du ihn noch nie gesehen hast?", fragte ich Aaron sicherheitshalber noch mal. „Könnte es sein, dass dein Vater an ihm gebaut hat, ohne dass du etwas davon wusstest?"

DANIEL Aaron verdrehte die Augen. „Dicht dran,

aber trotzdem so was von falsch! Am besten kommt ihr einfach mit und seht selbst."
Er führte uns schnurstracks zu dem Schuppen hinter der Werkstatt und schloss ihn auf. „Willkommen im Käfig der Monstren!"
„Bist du sicher, dass du weißt, was du tust?", fragte ich.
Der Blick durchs Fenster saß mir noch in den Knochen. Aber Aaron nickte unbeeindruckt und drückte einen Schalter.
„Bei Licht wird euch vielleicht manches klar."
Nee, jedenfalls nicht sofort. Beim Anblick der Roboter-Armee, die dort wartete, kriegten wir eine Gänsehaut. Aber dann sahen wir genau hin. Dies hier waren keine künstlichen Intelligenzen, sondern lebensechte Figuren aus Computerspielen und Filmen: ein Transformer aus Metall, eine kampfbereite Lara Croft, ein lächelnder Captain Kirk und neben ihm ein finsterer Klingone. Und zwischen den Helden und Bestien standen lauter haarlose, nackte Schaufensterpuppen herum.
Aaron tippte auf eine davon. „Das ist der Beruf meines Vaters: Schaufensterpuppen-Doc. Das Schild für die Tür ist noch nicht fertig, sonst hättet ihr nicht so abgedrehte Theorien entwickeln müssen. Paps repariert die Dinger, wenn sie kaputtgehen. Für kleine Läden ist es einfach zu teuer, ständig neue zu kaufen."
Ben drängelte sich ungläubig vor und berührte

eine der Figuren. „Du willst mir doch nicht erzählen, dass es Schaufensterpuppen gibt, die aussehen wie Klingonen?", stieß er ungläubig hervor.
Aaron lachte. „Nein, natürlich nicht. Ich bekomme von meinem Vater die Puppen, die nicht mehr repariert werden können – und mache etwas Neues daraus. Mit altem Metall, Pappmaschee und Kunststoff. Mein Vater hilft mir bei der Verarbeitung, aber ich designe alle Figuren selbst, mit einem speziellen Programm. Manche davon können wir sogar verkaufen. An Computerläden, Kinos oder Cafés."
Stolz lag in Aarons Augen, als er darüber sprach. Und ich konnte seine Begeisterung verstehen.

BEN Und ich sah endlich klarer. „*Das* machst du also, wenn du am Computer sitzt! Und wir dachten schon …"
Aaron grinste. „… dass ich Roboter zu Kampfmaschinen aufrüste? Ich glaube, da überschätzt du meine Fähigkeiten."

DANIEL Auf einmal sah ich Aaron mit ganz anderen Augen. Was für ein cooles Hobby!
Auf meiner Schulter meldete sich eine Stimme: Jess. „Und in den Säcken, die ihr nachts geliefert bekommt, waren dann keine Leichenteile?"

Aaron riss die Augen auf. *„Leichen?* Wie seid ihr denn drauf?"
Dann sah er von einem zum anderen – und merkte, dass wir die Frage ernst meinten.
„Nein, natürlich nicht! Das sind kaputte Schaufensterpuppen. Mein Onkel liefert sie uns meist erst spät abends, weil er seinen Lieferwagen tagsüber für seinen Job braucht. Er ist Kurierfahrer, aber manchmal holt er für uns Ware ab, die zu groß für unseren Kombi ist."

BEN So ganz überzeugt war ich trotzdem noch nicht.
„Und dein Superlauf im Sport?", hakte ich nach. „Irgendwas hast du da getrickst, damit du schneller warst als alle anderen."
Aaron wirkte verwirrt. „Wie soll man da denn tricksen? Mein Vater läuft einmal im Jahr einen Marathon. Seit zwei Jahren trainiere ich mit ihm zusammen."
Das klang einleuchtend.*

* und frustrierend. Was kann der nicht?

DANIEL „Und was ist mit dem Bastelladen?", fragte ich. „Irgendwie fanden wir es schon verdächtig, dass du kurz vor uns dort warst. Wir haben dich mit einer großen Tasche dort gesehen – und danach war Gigantus im Laden."
Aaron seufzte. „Wie oft soll ich es noch sagen: Ich habe diesen Roboter gerade zum

ersten Mal gesehen. Fragt mich nicht, wie der da reingekommen ist. Und ich wusste nicht, dass ihr dort hingeht. Ganz einfach: Ich bin Hobby-Bastler und gerade erst hierhergezogen. Natürlich habe ich mich im Internet informiert, wo man das Zeugs hier am besten kaufen kann, und da gibt es nur einen Spezialisten. Das ist kein Zufall, sondern logisch! Und in meiner Sporttasche war kein Roboter, sondern ein Muster: eine Hand, für die ich spezielles Material brauchte."

„Und die Sache mit dem SEK? Was hattest du als Letzter in der Schule zu suchen?", fragte Chal, der immer noch zweifelte.

Aaron wandte sich meiner Schulter zu. Es schien ihm immer noch schwerzufallen, diese winzigen Figuren ernst zu nehmen, aber er antwortete ihnen trotzdem.

„Hatte ich an dem Tag doch schon gesagt: Ich habe Daniels und Bens Stimmen gehört. Sie klangen, als wären sie in Gefahr."

„Und da riskierst du für wildfremde Jungs Kopf und Kragen?", fragte ich ungläubig.

Aaron zögerte einen Augenblick, als wäre es ihm peinlich. „Ich fand euch einfach am nettesten in der ganzen Klasse. Mit dir wollte ich mich doch schon auf dem Schulweg anfreunden", sagte er und sah mich dabei an.

Und ich hatte ihn abblitzen lassen! Was war ich doch für ein Idiot!

„Ich dachte, dass wir ähnliche Interessen haben", erklärte Aaron weiter, „schon wegen der tollen … ähm … Sammelfiguren. Und als ich hörte, dass ihr Modellbau mögt …"
„*Er* mag Modellbau!", betonte Ben und hob abwehrend die Hände.
Das war der Moment, in dem wir lachen mussten. Alle. Der Moment, in dem wir irgendwie Freunde wurden.

BEN „Und wie geht es jetzt weiter?", fragte Aaron.
Daniel und ich sahen uns ratlos an, aber Jess sprach aus, was wir alle dachten: „Gute Frage! Ohne diesen Nitroverdünner können wir nicht fliegen. Immer wenn wir irgendwo hinkommen, hat Gigantus den schon leer getrunken, und Herr Weller hat ihn erst nächste Woche wieder."
Aarons Gesicht hellte sich auf. „Wenn's weiter nichts ist …" Er öffnete einen Unterschrank in der Werkstatt seines Vaters und zog einen Fünf-Liter-Kanister Nitroverdünner heraus. „Nehmt ihn ruhig, ich kann neuen bestellen."
Der Typ war eine echte Wundertüte!

DANIEL Leider erinnerte Jess uns gleich an den nächsten Punkt auf unserer Liste. „Ich weiß nicht, ob diese Mühen noch Sinn machen. Gigantus ist uns weit voraus. Wir haben jetzt zwar Treibstoff und

Material für die Reparatur, aber Daniel meinte, dass er die Metallteile nicht bearbeiten kann."

Jetzt stand ich natürlich da wie ein Depp!

„Das stimmt nicht ganz", korrigierte ich ihn. „Ich habe nur nicht das Werkzeug dafür. Die Geräte, um Metall zu bearbeiten, hat auch ein Modellbauer nicht einfach so rumliegen."

Aaron grinste. „Ein Modellbauer vielleicht nicht, aber mein Vater schon. Steht alles in der Werkstatt. Gleich morgen früh können wir anfangen."

Ich riss die Augen auf und fand Aaron als neuen Nachbarn jetzt richtig gut. Gleichzeitig erinnerte ich mich plötzlich an Gigantus. Und dass er jederzeit ein Tor in seine Welt öffnen konnte, um die Venjaner hierherzuholen.

„Und wenn es eilig wäre", überlegte ich laut, „könnte ich dann die Werkstatt auch heute Nacht noch nutzen?"

Aarons Grinsen wurde noch breiter. „Du gehst gern mit dem Kopf durch die Wand, was?"

Den Eindruck hatte er von mir? Es klang toll, so etwas zu hören, auch wenn es meilenweit von der Wahrheit entfernt war. Aber ich korrigierte ihn lieber nicht.

WANDSTREICHLER:
ICH TU DIR NIX!

„Und ich helfe dir auch gern dabei", fuhr Aaron fort. „Schlafen könnte ich jetzt eh nicht."

Begeistert wandte ich mich zu Chal und Jess um. „Granatenmäßig, oder? Und, seid ihr dabei?"

Aber die beiden wirkten nicht, als ob sie gerade den Hauptgewinn gezogen hätten. Eher, als hätten sie gewonnen, aber das Los verloren.

„Nein", erwiderte Chal müde. „Macht nur!"

Nanu? Er überließ mir seinen Jet? Ohne Kontrolle?

„Wir befürchten, dass Gigantus jeden Moment zuschlägt", erklärte Jess. „Inzwischen hat er meinen Computer vermutlich gehackt und die Daten kopiert. Zurück in unsere Welt kann er aber nur durch *deinen* Computer in *deinem* Zimmer. Jemand muss dort sein und die Lage im Blick behalten."

Wo kam die plötzliche Frustration her?

„Jetzt mal langsam", beruhigte ich ihn. „Zum Glück hatten wir den Cheat für die Rückkehr ja selbst noch nicht. Also nützt Gigantus der Computer nichts. Ihm fehlt noch das Zauberwort."

Jess' Blick sagte mir sofort, dass etwas nicht stimmte.

„Wir *hatten* den Cheat doch nicht?", hakte ich nach.

Der Pilot rieb sich mit der Hand übers Gesicht.

„Ich fürchte doch", murmelte er kaum hörbar.

„Waaaas?", antworteten Chal, Ben und ich im Chor.

„Ich wollte über meine Idee nicht sprechen", erklärte Jess stockend, „weil ich nicht wusste, ob es klappt. Mit der letzten Energie meines Computers habe ich deine kaputte Tastatur unten in der Garage gescannt. Da sie seit unserer Ankunft niemand benutzt hat, waren deine Fingerabdrücke noch drauf. Und sie waren frisch genug, um die Reihenfolge nachzuvollziehen."

Jess blickte betreten drein. Seine Idee war genial – warum nur hatte er sie für sich behalten?

„Du willst also damit sagen, Gigantus hat jetzt alles, was er für die Rückreise braucht?", fasste ich zusammen.

Jess nickte niedergeschlagen. „Und wir haben keine Ahnung, wo er sich versteckt hält. Wir können nur warten, bis er uns hinterrücks überfällt."

Das konnte ja wohl nicht wahr sein!

„Und was tun wir, wenn Gigantus versucht, in mein Zimmer einzudringen?"

Jess zuckte mit den Schultern und hob die Hände. Was war das denn? Wo waren meine Helden nur hin?

DIESE WASCHLAPPEN! ALSO ECHT ...

LEVEL 19

Notfall-Programmierung

DANIEL Wir hatten vereinbart, dass Ben mit den Piloten zurück in mein Zimmer gehen sollte und dass er mich auf meinem Smartphone anklingeln würde, wenn es Ärger gab. Aber zum Glück blieb es für den Rest der Nacht ruhig, sodass Aaron und ich mit der Reparatur gut vorankamen. Und wir waren ein starkes Team: Ich maß die schadhaften Stellen aus und zeichnete die Form auf dem Metall vor, danach schnitt Aaron das Metall mit seinem Spezialwerkzeug zu. Als der Jet fertig war, hoben wir ihn zusammen an, jeder auf einer Seite. „Ist er nicht perfekt?", fragte Aaron stolz. Ich zuckte lässig mit den Schultern, war aber mindestens genauso stolz. Da ertönte ein seltsames Geräusch im Innern. Ein Scheppern. „Klingt kaputt", fand Aaron.

SMILE!

Ich konnte mir das nicht vorstellen. „Wir haben doch jedes Teil exakt eingepasst, genau nach Jess' Plan ..."
„Die Piloten können sich das Ding ja gleich mal von innen ansehen", schlug Aaron vor. „Vielleicht ist einfach einer ihrer Sitze umgekippt?"
Es war schon früher Morgen, als wir beide todmüde, aber gut gelaunt in mein Zimmer schlichen. Das ganze Haus schlief noch. Ben stützte sich todmüde auf die Ellenbogen, als er uns hörte, nur Chal und Jess waren natürlich hellwach. Was auch sonst?
„Tadaaaa!", sagte ich mit ausgebreiteten Armen und Aaron hielt den Jet hoch. Dann formte ich mit dem Mund das Wort „fertig", damit Gigantus durch seine Abhöranlage nichts mitbekam. Aber Jess winkte ab.
„Die Wanze habe ich nach unserer Rückkehr gleich gefunden: unter der Schreibtischplatte. Ich habe sie funktionsunfähig gemacht, wir können also ungestört reden."
Was für eine Erleichterung! In meinem eigenen Zimmer ständig die Klappe halten zu müssen, hatte mich schon tierisch genervt.

FÄLLT MIR SCHWER, FRAGT BEN! :)

„Und? Was sagt ihr zu unserem Wunderwerk?"
Ich zeigte auf den Jet, als hätte ihn noch niemand bemerkt, aber Chal und Jess nickten nur höflich.
„Okay", gab ich zu, „irgendwo rappelt noch

etwas. Vielleicht könnt ihr mal nachsehen, ob innen etwas lose ist? Aber der Rest ist perfekt!"

Jess warf Chal einen schnellen Blick zu, dann erwiderte er: „Das ist nur ungesichertes Zeug im Laderaum. Nichts Wichtiges."

WENN DAS NICHT WICHTIG KLINGT …

Aus einem Instinkt heraus schüttelte ich den Kopf. „Will ich sehen. Wir haben die ganze Nacht an eurem Jet herumgebastelt – das steht uns jetzt zu."

Chal, der diesen Ton von mir nicht gewöhnt war, stemmte die Hände in die Hüften. Aber Jess zuckte mit den Schultern.

„Wenn du meinst!" Er stieg ins Cockpit und drückte einen Knopf. Daraufhin öffnete sich eine Klappe, die das gesamte Heck freilegte.

„Das geht diese Kinder gar nichts an!", murrte Chal. Warum war er nur so zickig? Hatten die beiden etwa Geheimnisse?

Fasziniert berührte ich mit dem Finger die Gegenstände, die sich im Laderaum stapelten.

„Das sind die Maschinenteile, die wir mit euch auf verschiedenen Planeten gesammelt haben", stellte ich fest und Jess nickte. „Wenn man alle Elemente zusammenbaut …"

Inzwischen hatte ich etwas entdeckt, das mich verstummen ließ. Ich holte eine Pinzette, damit ich kein Mini-Hightech beschädigen konnte, und hob ein schmales Teil aus dem Laderaum.

„Das Laserschwert von Anakin Skywalker. Wie kommt das denn hier rein?"
Chal hob das Kinn, sparte sich aber die Antwort.
„Und das hier sind Keksreste. Von Schokokeksen." Ich sah Jess fragend an. „Was wollt ihr denn damit?"
„Die sind für Forschungszwecke", erklärte Jess. Dann deutete er auf eine winzige blaue Flasche. „Und das muss Chal eingesammelt haben."
Das Wort „eingesammelt" bewies mir, dass die beiden immer noch so tickten wie in ihrem Spiel: Alles, was nicht niet- und nagelfest war, musste man in Games mitnehmen. Das hatte mit Diebstahl nichts zu tun, das begriff ich sofort. Das hier waren *Items*.
Ich nahm den superkleinen Gegenstand, den er gezeigt hatte, mit der Pinzette hoch – und staunte!
„Das ist mein Klebstoff!", murmelte ich. „Aber vor zwei Tagen passte der noch in meine Hand."
„Ja, der wurde geschrumpft", erläuterte Jess mit einem vorwurfsvollen Blick auf Chal. „Sonst hätten wir sie ja nicht mitnehmen können. Aber wie blöd muss man eigentlich sein, wenn man Klebstoff im selben Raum lagert wie die Teile einer hochsensiblen Maschine? Und wir reden hier von der einzigen Maschine, die die Erde retten kann, weil sie einen Subraumton aussendet, der …"

DIEBSTAHL = UNCOOL
ITEMS = COOL

Chal fuhr mit der Hand durch die Luft wie mit einer Klinge. „Unsinn! Damit *hätten* wir die Erde retten können, wenn wir uns nicht von unserem Feind hätten vernichten lassen wie Anfänger. Was haben wir denn noch, um gegen ihn anzutreten? " Er klang völlig frustriert. Und das ärgerte mich. „Hey, wir haben euren Jet repariert! Der ist wie neu! Habt ihr dazu keine Meinung?"
„Gute Arbeit", sagte Chal. „Nur leider zu spät."
„Aber warum?", fragte ich irritiert.
„Ist das nicht logisch?", fiel jetzt auch noch Jess in das Trauerlied ein. „Gigantus hat meinen Computer. Er hat quasi mein Gehirn. Ohne den Computer kann ich nichts berechnen, nicht navigieren, keinen Angriff gegen einen Kampfroboter steuern. Wir wissen nicht mal ansatzweise, wann er hier auftaucht und in unsere Welt zurückkehrt, weil wir keinen blassen Schimmer haben, wo er sich versteckt – bis er hinter uns steht und alles zu spät ist. Er kann uns hier vernichten oder zurücklassen. Ohne die Technik kann ich nichts mehr tun!"
Chal nickte erschöpft. „Ohne unsere Ausrüstung sind wir nichts."

ARMER KLEINER SUPERHELD!

BEN Die zwei mit ihrer Weltuntergangsstimmung gingen mir tierisch auf den Keks. Okay, wir waren in einer ziemlich schlechten Lage, aber es gab ja auch noch Gutes: Kurz nach dem Frühstück kam dein Vater mit deinem neuen Monitor. Und danach hatten wir sturmfreie Bude.

DANIEL Weil meine Eltern bei Freunden eingeladen waren. Aber bevor er ging, betonte mein Vater noch einmal, dass ich diesmal gefälligst besser auf das Gerät achten sollte.
Meine Mutter musste auch noch einige Ermahnungen loswerden, dass wir keinen Unsinn anstellen sollten, nicht zu lange am Computer sitzen und so weiter und so fort. Vom Kämpfen gegen übermächtige Roboter sagte sie allerdings nichts.
Schließlich zeigte sie mir im Flur noch ein riesiges Paket.
„Ihr seid doch alle drei starke Jungs", begann sie. Oh nein!, dachte ich, denn das konnte nichts Gutes bedeuten. „Den Karton hab ich gerade für Frau Kramer angenommen, aber hier will ich ihn nicht stehen haben. Den tragt ihr mir noch schnell nach oben, ja? Ich hab seit den letzten Ferien immer noch den Schlüssel von Frau Kramers Wohnung. Ihr stellt das Paket einfach rein und schließt wieder ab. Essen steht im Kühlschrank, das müsst ihr nur noch aufwärmen. Bis heute Abend!"
Jetzt waren wir allein – mit der Gefahr und einem doofen Paket.

WIE LANG IST ZU LANG?
25 STUNDEN PRO TAG?

BEN Ohne große Begeisterung wuchteten wir das schwere Ding nach oben und stellten es mit einem *Wumms!* vor der Haustür ab. Hatte Frau Kramer sich etwa eine Steinsammlung bestellt?

Ihr Hobby: Nach Farbe sortieren. Staubgrau, Mausgrau, Taubengrau ...

Aaron und ich lehnten uns keuchend gegen die Wand, Daniel kniete vor dem Paket nieder und legte den Kopf darauf. Wir lachten. Aber plötzlich bemerkten wir, dass Daniel den Adressaufkleber anstarrte. Und an seinem Gesicht konnte ich ablesen, dass etwas nicht stimmte.

DANIEL Na ja, zuerst hatte ich einen ganz leichten Geruch bemerkt. Dann las ich den Aufkleber: Das Paket kam aus Wellers Bastelkiste. Und an der Seite klebte ein Lieferschein. Hastig zog ich ihn aus der Folie und las vor: *„Nitroverdünner, Kanister à 1 Liter, Menge: 20 Stück."*

?!?

„Hey!", sagte Aaron. „Zwanzig Liter? Selbst mein Vater kauft die Fünf-Liter-Kanister nur, wenn sie gerade im Angebot sind. Wie viel davon braucht man denn so als Hobby-Bastler?"

„Höchstens einen Liter im Jahr", schätzte ich. „Aber ich kann mir nicht vorstellen, dass Frau Kramer bastelt …"

Ich blickte von einem Gesicht zum anderen. Und in jedem konnte ich lesen wie in einem Buch. Die Auflösung des Ganzen war plötzlich da, alles war so logisch …

„Frau Kramer hatte am Mittwoch wohl auch ein

offenes Fenster”, sagte ich mit einem Gefühl, als hätte mich ein Hammer getroffen.
„Deshalb also hat sie sich so für meine *Figuren* interessiert …”

BEN „… und deshalb hat sie uns vor dem Lehrerzimmer auch sofort geglaubt, dass nicht *wir* die Stinkbombe geworfen hatten. Sie ist bei dem Wort *Roboter* doch ein bisschen zusammengezuckt, oder? Und so verrückt fand sie die Idee gar nicht.“
In dem Moment wurdest du plötzlich fast so grau wie die Wand im Treppenhaus hinter dir. Und dann sagtest du mit schwacher Stimme: „Das Abhörgerät …“

DANIEL Dass ich nicht schon früher darauf gekommen war! Gigantus hätte es niemals geschafft, ungesehen in mein Zimmer zu kommen, um eine Wanze unter meine Schreibtischplatte zu kleben. Und wer außer Ben hatte mein Zimmer in den letzten Tagen betreten? Nur Frau Kramer! Wie konnte ich nur so blöd sein?

!!!!

BEN Jetzt mach dich nicht so fertig! Wir sind alle nicht darauf gekommen. Leider wussten wir dann auch, dass wir das schwere Paket wieder runtertragen mussten. Aber natürlich konnten wir diesen Trumpf nicht einfach so dem Feind überlassen!

DANIEL Chal und Jess, die unten geblieben waren, staunten nicht schlecht, als wir ihnen von unserer Entdeckung erzählten. Und ihre Totengräberstimmung verwandelte sich in Hoffnung.

„*Deshalb* hat Gigantus in dieser Nacht also noch nichts versucht!", stieß Jess hervor, während er sich aufgeregt die Haare raufte. „Er hat auf etwas gewartet. Auf einen Treibstoff-Vorrat, mit dem er die ganze venjanische Flotte versorgen könnte, wenn sie hier eintrifft. So könnten sie sofort mit der Eroberung der Erde beginnen …"
„Dann müssen wir das eben verhindern", sagte Aaron, der darauf brannte, sofort zu handeln. Auch alle anderen sahen erwartungsvoll in die Runde. Nur ich hätte gern etwas mehr Zeit zum Nachdenken gehabt. Für einen guten Plan.
Ben grinste. „Frau Kramer ist nicht da und wir haben ihren Schlüssel. Worauf warten wir also noch?"

BEN Wie stellt man sich die Wohnung einer älteren, allein lebenden Lehrerin vor? Ganz bestimmt nicht so wie die von Frau Kramer. Es war zwar erschreckend aufgeräumt, aber wer hier plüschige Kissen und Häkeldeckchen erwartete, irrte sich total. Frau Kramer war sehr modern eingerichtet. An ihrem Balkonfenster stand sogar ein Mords-Teleskop, das auf den Himmel ausgerichtet war. Damit

konnte man bestimmt sehen, welche Unterwäsche der Mann im Mond trug.
Im Arbeitszimmer war ein Computer der neuesten Generation und daneben ein Bücherregal. Ich achtete nicht darauf, weil ich nur Mathe- und Englischbücher erwartete. Aber Aaron griff kichernd hinein und wedelte mit einem schrill-bunten Heft. Ich musste zweimal hinsehen, denn das war ein Science-Fiction-Heft - eins von Hunderten. Das hätten wir unserer Lehrerin nun wirklich nicht zugetraut!

DANIEL Noch interessanter fand ich allerdings den Tisch auf der anderen Seite des Raumes. Es sah aus, als hätte ihn jemand erst vor kurzer Zeit leer geräumt, denn auf dem Boden darunter fanden sich wild durcheinander ein Drucker, Bücher und lauter Klassenarbeiten. Wofür hatte die ordentliche Frau so schnell Platz gebraucht? Auf der Tischplatte standen zwei echte Profi-Werkzeugkoffer, dazwischen lagen große und kleine Zangen, Phasenprüfer

und Schraubenzieher. Eine Art Werkbank! Und zwischen dem ganzen Zeug fand sich, ganz klein, Jess' Computer!

BEN Mit einem Jubelschrei stürzte sich Jess darauf und schaltete ihn ein.
„Dieser geniale Roboter hat ihn aufgeladen!", sagte er, im Gesicht das Leuchten eines Kleinkindes, das seinen verlorenen Teddy wiedergefunden hat.
Ich konnte ihn ja verstehen. Und jetzt waren wir uns endlich sicher, dass wir auch wirklich auf der richtigen Spur waren.

DANIEL Das hätten wir kurz darauf sowieso erfahren. Denn viel zu spät bemerkten wir die schnellen Schritte im Hausflur. Jemand *joggte* die Treppe hoch. Das konnte unmöglich Frau Kramer sein. Aber Gigantus noch weniger …
Noch bevor wir uns ein Versteck überlegen konnten, wurde die Haustür geöffnet, die wir vor Aufregung nur hinter uns zugezogen hatten. Wir konnten es hören: Jemand stand in der Tür, atmete tief durch und fragte sich offenbar, was hier los war.
„Hallo?", fragte eine uns sehr bekannte Stimme. „Hast du dich schon wieder eingeschaltet? Hast *du* die Tür aufgeschlossen?"
Ich ging unsere Möglichkeiten im Kopf durch. Aber in dieser kleinen Wohnung gab es keine

Chance, unbemerkt an Frau Kramer vorbeizukommen. Früher oder später würde sie wissen, dass wir hier waren. Also trat ich aus dem Arbeitszimmer in den Flur und schmetterte die erste Ausrede heraus, die mir einfiel.
„Guten Morgen, Frau Kramer. Bitte nicht erschrecken, wir sind's nur. Wir hatten hier oben Geräusche gehört. Und Sie haben auf unser Klingeln nicht reagiert. Da wollten wir sicherheitshalber nachsehen."
In ihrem Gesicht konnte ich lesen, was in ihr vorging: Erst war sie verblüfft, dann runzelte sie die Stirn und schließlich wurde sie wütend.
„Ihr habt ihn also gefunden?"
So hart hatte sie noch nie geklungen, selbst wenn sie Strafarbeiten verteilte. Zum ersten Mal hatte ich Angst vor ihr.

BEN Nicht nur du. Sie klang wie ein Auftragskiller mit der Hand am Drücker. Und in gewisser Weise passte das sogar. Ihre Waffe war vollautomatisch und hatte vier Arme.

BÄMM!

DANIEL „Gigantus!", kommandierte sie. „Ruhemodus beenden!"
Erst jetzt sah ich den *Pickel* neben ihrem Mund. Genau so ein Teil hatten wir auch bis vor Kurzem getragen: ein Mini-Mikro.
An ihrem Blick, der an mir vorbeiging, merkte

ich, dass hinter mir etwas Interessantes passieren musste. Ich hörte, wie etwas vorgeschoben wurde – das Sofa, hinter dem sich Gigantus versteckt hatte? – , aber ich verspürte keine Lust, mich umzudrehen. Mein Kopf funktionierte besser, wenn ich gerade nicht in Todespanik war.

„Bevor Sie irgendetwas tun, das Sie später bereuen werden …", begann ich.

Frau Kramer unterbrach mich. *„Bereuen?* Wie wär's, wenn *ihr* erst einmal bereuen würdet, hier eingedrungen zu sein?"

Jetzt waren wir also die Bösen? Ich war unfähig, etwas zu sagen.

„Erst holt ihr den armen Gigantus aus seiner gewohnten Umgebung in unsere", fuhr sie fort, „einen denkenden und fühlenden Roboter. Und dann kümmert ihr euch kein Stück um ihn! Einsam und verlassen ist er bei mir angekommen. Und ich habe ihm erst einmal erklärt, dass niemand ihm Befehle geben darf, die ihm schaden. Seine Herren haben ihn am dunkelsten Ort der Galaxie allein gelassen, nur um irgendeine dämliche Höhle zu bewachen! Und hier, in unserer zivilisierten Welt, ergeht es ihm nicht viel besser …"

Was hatte die denn gefrühstückt? Ich öffnete den Mund, um die Sache anders darzustellen, aber Frau Kramer ereiferte sich immer mehr.

„… und dann muss ich hören, dass ihr diesen

DURCH DEN KAPUTTEN MONITOR VOM ARMEN DANIEL!

armen Roboter verfolgt, um ihn in seine entsetzliche Welt zurückzuwerfen. Habt ihr auch nur ein einziges Mal darüber nachgedacht, wie er sich fühlen muss?"

BEN *Fühlen?* Frau Kramer machte sich für diesen Blecheimer so stark wie für einen gemobbten Schüler. Was ging in ihr bloß vor?

DANIEL Eigentlich war das ja nett von ihr. Aber solange sie auf Gigantus' Seite stand, hatten wir keine Chance.
„Roboter *fühlen* nicht", sagte Aaron zu ihr, was sie nur noch mehr auf die Palme brachte. „Woher willst *du* das wissen?", fuhr sie ihn an. „Ich interessiere mich schon lange für Roboter – und kenne diesen hier inzwischen sehr gut. Und glaub mir: Angst *ist* ein Gefühl!"
Jetzt drehte ich mich doch mal kurz um. Gigantus mit seinem roten Licht, das von links nach rechts sauste, sah für mich alles andere als ängstlich aus. Eher, als überlegte er gerade, wie herum er mich gleich in den Boden rammen würde.
„Angst?", fragte ich und legte alle meine Zweifel in dieses Wort.
„Allerdings!", fauchte Frau Kramer. „Hochentwickelte Roboter wie Gigantus sind lernfähig. Und er hat bei mir viel gelernt. Zum Bei-

TIPP: KOPF ZUERST, DANN HÖRT MAN MEIN GEJAMMER NICHT!

spiel, dass er einen eigenen Willen haben darf. Dass Befehle nicht alles sind …"

Jess zischte leise in mein Ohr: „Jetzt verstehe ich, wie er ohne neue Befehle handeln konnte. *Sie* hat ihn aufgerüstet, aber nicht äußerlich. Durch sie ist er jetzt mehr als ein Roboter."

Frau Kramer hatte sich inzwischen heißgeredet. „Aber ich habe ihm auch beigebracht, dass er sich hier nicht benehmen kann wie ein Elefant im Porzellanladen und dass man ihn mir wegnehmen wird, wenn er zu auffällig ist. Das war meine Bedingung für meine Hilfe: Unauffälligkeit."

Jess lehnte sich wieder dicht an mein Ohr. „Das erklärt seine Nervosität im Lehrerzimmer, als der Gestank ausbrach. Er musste seine Spuren beseitigen, bevor seine neue Herrin zurückkam. Und deshalb hat er auch niemanden ernsthaft verletzt …"

Na, die Zeit der Unauffälligkeit dürfte ja jetzt vorbei sein, dachte ich mir. Halleluja!

„Aber er hat auch gelernt, seine Gefühle zu äußern", setzte sich Frau Kramer weiter für den Metallbolzen ein. „Was hatte er für eine Angst vor diesem schrecklichen Planeten Molos! Angst vor der Dunkelheit, die seine Sensoren nicht durchdringen konnten. Seitdem stiehlt er mir ständig alle Lampen: Taschenlampen, Stehlampen, sogar Laserpointer. Nur

die Deckenlampen lässt er dran, damit es hier niemals dunkel wird. Nicht einmal im Ruhemodus kann er die Dunkelheit ertragen … der Arme!"

BEN Ein Roboter, der ohne Licht nicht einschlafen kann – das ist doch gaga!

DANIEL Aber ich begriff: Frau Kramer hatte diesen Roboter adoptiert. Niemand durfte ihrem neuen Liebling etwas tun. Ob sie wirklich keine Ahnung hatte, wozu dieses Ding fähig war? Ich mochte sie als Lehrerin, weil sie immer absolut logisch war. Irgendwo tief drinnen musste diese logische Person doch noch existieren?
„Wenn Gigantus also fühlen kann, ist er dann auch zu Mitgefühl fähig?", fragte ich. „Würde er Sie schützen und verteidigen?"
Frau Kramer sah mich forschend an. „Natürlich würde er das!"
Ich betrachtete ihr Gesicht. Tatsächlich trug sie schon seit Tagen keine Brille mehr, und ihre Schritte auf der Treppe waren verblüffend schnell gewesen. „Und als Dank für die

Hilfe bei seiner Reparatur hat er Ihnen Kraft und Ausdauer gegeben, nehme ich an? Mit einem Chip …"

Frau Kramer lächelte. „Ja, ist er nicht ein Schatz? Durch ihn fühle ich mich locker zwanzig Jahre jünger."

Ich wusste, dass das jetzt wehtun würde, aber es musste sein. „Hat er Ihnen auch verraten, wie schädlich dieser Chip ist? Kurzfristig ist er ein Wunderding. Aber wenn Sie ihn noch lange tragen, lässt er Ihren Körper schneller altern."

Frau Kramer sah den Roboter scharf an. „Hast du dazu etwas zu sagen?"

Gigantus trat einen Schritt vor. „Priorität Nummer eins ist Leistung. Lange Haltbarkeit nicht. Jede Einheit ist ersetzbar."

Frau Kramer hob die Augenbrauen.

„Aber wenn Gigantus seinen Plan zu Ende führt", fuhr ich unerbittlich fort, „ist das vermutlich auch egal. Hat er Ihnen erzählt, dass er seine Erbauer durch ein Tor hierherholen will? Er dient diesen Wesen – und niemandem sonst. Und er wird ihnen helfen, die Erde zu erobern."

Frau Kramer runzelte die Stirn. „Gigantus, stimmt das? Oder haben die Kinder da etwas missverstanden?"

Der Roboter kam noch ein Stückchen näher. Zu nah für meinen Geschmack.

„Einschätzung ist korrekt", ertönte es blechern. „Roboter holt Venjaner. Venjaner erobern Erde. Erde ist hier."
Seine Logik war unschlagbar.

BEN In der Zwischenzeit hatte niemand auf unsere Lehrerin geachtet. Als ich hinsah, hatte sie ihre Hand schon fast an Gigantus' Rücken. Wollte sie ihn abschalten? Gute Idee, aber sie war nicht schnell genug für einen Roboter. Ohne zu zögern, schoss er etwas Rotes auf Frau Kramer.
Das Ding entfaltete sich, legte sich um sie herum und umschloss sie, wobei es immer enger wurde. Jetzt erkannte ich es: das rote Gumminetz, das Chal und Jess im Kunstraum abgeschossen hatten. Er hatte es digitalisiert und jetzt wieder ausgepackt.
Und noch etwas völlig Unerwartetes geschah: Chal sprang von meiner Schulter, schwang an einem Seil zu Gigantus hinüber und hieb mit meinem Zirkel in die Öffnung, aus der das Netz gekommen war. Die gute Nachricht: Er erreichte, dass keine Geschosse mehr herauskommen konnten – was uns vielleicht sogar das Leben rettete. (Denn ich weiß nicht, ob der Kampfroboter mit uns nicht brutaler umgegangen wäre als mit seiner Adoptivmama.) Die schlechte Nachricht: Gigantus musste nicht einmal kräftig ausholen, um Chal mit einem Schlag abzuschütteln. Der mutige Pilot flog und stürzte tief, rollte sich unten ab und blieb einen Moment

liegen. Als er aufstand, drückte er sich den rechten Arm gegen den Bauch.
„Alles in Ordnung“, keuchte er, obwohl es nicht danach aussah.
Frau Kramer ließ sich durch die Attacke jedoch nicht einschüchtern, sondern kommandierte Gigantus mit ihrer Jetzt-ist-Schluss-Stimme, die wir aus der Schule gut kannten, herum.
„Binde mich sofort los!“
Na ja, sie versuchte es. Aber der Roboter reagierte kein Stück.

DANIEL „Nicht bewegen, dann zieht es sich zumindest nicht enger zusammen!”, rief ich ihr zu. Am liebsten hätte ich sie sofort befreit, aber Gigantus wirkte plötzlich sehr zielstrebig. Er flog auf die Wohnungstür zu – und ich ahnte schon, wohin er wollte.
„Wir kommen zurück und holen Sie da raus!”, stieß ich hervor, während Ben, Aaron und ich dem Roboter folgten.
„Kümmert euch nicht um mich!”, gab unsere zusammengeschnürte Lehrerin zurück und meinte es offenbar ganz ernst. „Verhindert nur, dass dieses verlogene Stück Metall unsere Erde vernichtet!”
Irgendwie war Frau Kramer cool.

HELDENHAFT!

OK, NOCH HELDENHAFTER

LEVEL 20

Wir müssen beide Welten retten!

BEN Gigantus schwebte vor uns die Treppen hinunter. So war er natürlich viel schneller als wir. Mist! Er durfte das Paket nicht finden – Treibstoff für die ganze venjanische Flotte!
Unter uns öffnete er die Tür, als hätte er einen Schlüssel (wir konnten nur vermuten, dass das Werkzeug in einem seiner Greifarme versteckt war). Und als wir die Wohnung endlich erreichten, scannte er gerade mit seinem weißen Licht die Türen.
„Treibstoff QR13 H70 wird angezeigt“, stellte er fest. Dann ruckte er blitzartig nach links und stieß die Tür zum Badezimmer auf, wo wir das Paket eilig reingeschoben hatten.

DANIEL Ja, aber er registrierte nur kurz die Menge des Nitroverdünners, dann schwebte er weiter in mein Zimmer. Ohne dass wir etwas dagegen tun konnten, schaltete er den Computer ein und wartete, bis er hochgefahren war. Dann tippte er den Cheat ein. Ha! Wir waren so blöd gewesen – und er war es jetzt! Allein mit dem Cheat konnte er gar nichts anfangen. Gigantus kapierte nicht, dass der Cheat nur *in* einem Spiel funktionierte. Und wie sollte ein Roboter begreifen, was das war? Spielen ist nicht effektiv.

BEN Korrigiere: *Theoretisch* hätte er nichts mit dem Cheat anfangen können. Aber wir drei standen ja so praktisch da rum und lieferten ihm die perfekten Opfer.
„Öffnet einen Kanal nach Molos!“, befahl der Roboter eiskalt.
Was tun? Widerspruch wäre uns nicht in den Sinn gekommen.

DANIEL *Einen Kanal* … Er wusste also wirklich nicht, dass er aus einem Spiel kam. Ich überlegte: Irgendwie müssten wir unser Wissen gegen ihn doch nutzen können.
„Öffnet einen Kanal nach Molos!", widerholte Gigantus. Und obwohl das nicht sein konnte, klang er ein bisschen nervös. War dieser Planet tatsächlich der Horror für ihn?
Da mir nichts anderes übrig blieb, startete ich *Space Agents*.

„Kleinen Moment", sagte ich, während die Anfangsmelodie ertönte und das Menü erschien. Konnte man im Nacken schwitzen, nur weil man von hinten beobachtet wurde? Ich hatte das Gefühl, dass Gigantus' Laserblick mich verbrannte. Gleich würde er mich für immer und ewig in einen Satz Daten verwandeln. Verdammt, meine Finger zitterten, als ich den letzten Speicherstand aufrief.
Und dann wurde mir fast schlecht. Über meiner rechten Schulter tauchte einer von Gigantus' Greifarmen auf, dann ein zweiter über meiner linken. Beide bewegten sich aufeinander zu, bis sie die Tastatur erreicht hatten. Ich fühlte mich wie in der Schrottpresse.
Die Tastatur klapperte, der Roboter tippte den Cheat ein. Ich schloss die Augen, um mich nicht von meiner Angst wegschwemmen zu lassen und um mich zu konzentrieren. Jetzt musste Gigantus nur noch ein Signal an die Flotte der Venjaner schicken, dann waren wir erledigt. Unsere ganze Welt. Nicht im Spiel, sondern in echt!
Als ich die Augen wieder öffnete, war Gigantus weg. Leider nicht weit, ich hörte ihn im Bad herumlärmen und schlürfen.
„Er säuft gerade den Treibstoff leer", erklärte Aaron, der sich als Späher bis zur Tür gewagt hatte.

GLUCK! RÜLPS!

„Jetzt sind wir am Ende!", sagte Ben neben mir.

Dumpf starrte ich auf den Bildschirm, auf den dunklen, leeren Planeten Molos. Und als ich gar nichts mehr dachte, innerlich völlig abschaltete, wollte ich plötzlich einfach *machen*.
„Worauf ist Gigantus programmiert?", zischte ich den anderen zu. „Seine oberste Priorität ist doch die Verteidigung der Minen von Molos. Oder?"
Jess sprang auf die Tischplatte und nickte. „Und?"
„Dann sollten diese Minen mal richtig angegriffen werden!", erwiderte ich mit wilder Entschlossenheit.

YEAH!

Jess nickte aufgeregt, aber Chal trat neben ihn und deutete betrübt auf seinen Arm, den er jetzt in einer Schlinge trug.
„Tut mir leid, aber für so eine Wahnsinnsaktion braucht ihr einen guten Piloten. Einen besseren als diesen einarmigen. Sorry, das wird nichts."
Jess war ebenso enttäuscht über Chals Rückzieher wie ich. „Und *ich* kann nicht gut fliegen", wandte er ein.
Ben räusperte sich. Erst da bemerkte ich, dass er mich ansah und dass seine Augen zu leuchten begannen. „Aber wir *haben* doch einen guten Piloten!"

YEAH-YEAH!

Ich schüttelte den Kopf. „Falls du mich meinst: Von hier aus kann ich den Jet nicht lenken. Sobald er durch den Monitor fliegt, ist der kaputt. Wie soll ich fliegen, wenn ich nichts sehe?"

Jess wechselte einen Blick mit Ben. „Ja, das stimmt. Aber wer sagt denn, dass du den Jet von dieser Tastatur aus lenken musst?"

Ben und Jess sahen mich durchdringend an , und langsam kapierte ich, was sie meinten. Wenn ich nicht so viel Schiss gehabt hätte, wäre mir nach einem hysterischen Lachanfall gewesen. *Ich?* Die hatten ja wohl einen Knall!

„Nicht einmal meine Hand passt in den Jet rein! Geschweige denn der Rest! Ich *kann* die Kiste nicht fliegen!"

Jetzt legte Jess seine winzige Hand auf meinen Zeigefinger. Das rührte mich irgendwie.

Chal verschränkte die Arme (soweit das mit seiner Verletzung möglich war) und sagte: „Wenn du den Jet gegen die Metallkäfer von Ikaria geflogen hast, dann musst du gut sein. Und du weißt ja: Unser Computer kann dich schrumpfen. Wenn du dich sofort entscheidest, schaffen wir es noch, dir meinen Raumanzug überzuziehen. Wenn nicht …", er rieb sich den Nacken, „ist unsere Welt verloren."

Aus dem Bad hörte ich immer noch Geräusche, aber Gigantus würde sicher nicht mehr lange brauchen.

„Das ist doch kein Plan …", wandte ich ein.

„Doch, ist es!" Jess zwickte mich jetzt in

den Finger. „Hör zu: Hast du gesehen, wo deine Lehrerin bei Gigantus hingreifen wollte? Das ist die Klappe an der Rückseite des Kopfes. Die musst du öffnen und diesen Chip dort anbringen." Er hob mir den winzigen weißen Knopf entgegen. „Der bewirkt bei Gigantus einen *Reset*. Alles wird gelöscht – und danach neu programmiert. Ich habe das vorletzte Nacht vorbereitet, bevor wir den Mut verloren haben. Diesen Mut habt *ihr* uns zurückgegeben, weil ihr nie aufgegeben habt."

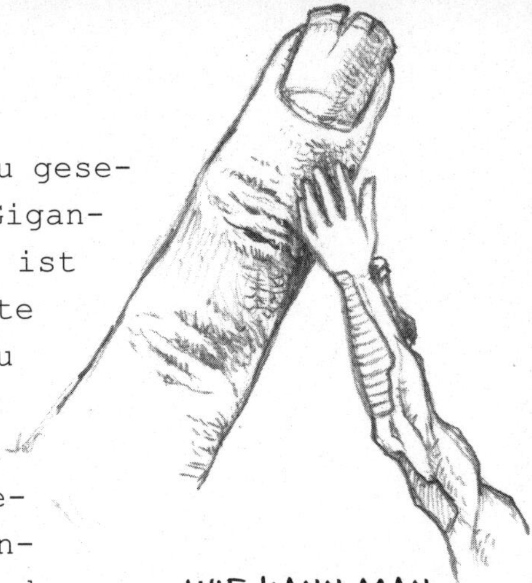

Jess' Augen loderten regelrecht. Und ich fühlte mich irgendwie überfordert von diesem Lob.
„Alles hängt jetzt von dir ab. Wir müssen beide Welten retten!"

SCHMELZ!

BEN Mit dem Satz hatte er dich so weit, das konnte ich dir ansehen.
„Aber ich kann das nicht ohne Ben", hast du dann gesagt. Und das fand ich total klasse von dir! (Und gleichzeitig total daneben. Held sein ist toll, aber Sterben ist doof.)
„Ich muss mit?", fragte ich sicherheitshalber nach.

Aber Jess gab mir den Rest, als er so seltsam weise nickte.
„Ihr seid ein Team“, erklärte er. „Und wir werden von hier aus helfen, so gut es geht.“
Und damit war die Sache beschlossen.

DANIEL Also stellte ich den Jet auf den Tisch und setzte mich mit Ben auf die Schreibtischkante. Jess zeigte mit dem Scanner auf uns – und dann ging's los! Die Welt um uns herum wurde rasend schnell größer. Bis wir neben Jess und Chal auf der Tischplatte standen. Neben zwei erwachsenen Männern, vor einer Tastatur, die so lang war wie ein Laster, und einem Monitor, der so groß war wie die Leinwand eines Autokinos.

ZOOOOOOM!

„Wie kommen wir zurück?“, fragte ich Jess, während in meinem Kopf noch tausend andere Fragen auftauchten.
Aaron antwortete für ihn: „Sobald ihr drin seid, hole ich meinen Monitor und schließe ihn hier an.“
Dafür, dass er ja erst letzte Nacht von dieser verrückten Geschichte erfahren hatte, fand ich seine Reaktion erstaunlich. Wir hatten ihn wirklich unterschätzt!
„Keine Sorge, wir sind hier zu dritt und holen euch zurück!“, sagte er.
„Los, los!“, drängelte Jess.
Hastig zogen Ben und ich die Raumanzüge der

Piloten über. Nicht eine Sekunde zu früh, denn im nächsten Moment schwebte Gigantus ins Zimmer.
Chal und Jess scheuchten uns in den Jet und gingen selbst in Deckung. Als die Einstiegsluke sich mit einem satten Geräusch hinter uns schloss und ich die ganzen Schalter, Knöpfe und Displays vor mir sah, stieg Panik in mir auf.
Was, wenn wir für immer auf der anderen Seite bleiben müssten? Konnte ich diese Kiste überhaupt fliegen? Ich konnte nicht einmal Auto fahren! Das war doch bis jetzt nur ein Spiel gewesen!
„Ich muss hier raus!", sagte ich zu Ben.
„Keine Chance", erwiderte er. „Gigantus hat uns gesehen. Wir müssen weg! *Jetzt!*"
Im selben Moment erschien auf dem großen Display in der Mitte ein grellroter Text: *Gigantus kommt! Fliegt los!*
Mein Bauch rumorte und mein Verstand verlor den Überblick. Aber meine Finger flogen über das Armaturenbrett, als hätten sie nie etwas anderes getan, und meine rechte Faust schloss sich um den Steuerknüppel. Wir flogen los! Mit einem heftigen Scheppern mitten durch meinen Bildschirm. In die Welt der *Space Agents*.

LEVEL 21

Die Venjaner kommen!

BEN War das krass! Das Zersplittern des Monitors klang uns noch in den Ohren, ansonsten herrschte absolute Stille. Der Jet glitt lautlos über die Oberfläche des Planeten, über felsigen dunklen Boden. Man konnte jeden Kieselstein sehen – alles war so *echt*! Dann lenkte Daniel unseren Flieger in eine Schlucht, immer tiefer und tiefer, und zog ihn im letzten Moment hoch. Wir stiegen zwischen zwei Felsnadeln in einen Himmel voller Sterne auf. Der Hammer! 3-D-Kino war ein Popel dagegen!

DANIEL Ja, der Wahnsinn! Nur leider waren wir nicht lange allein. Auf unserem Display erschien wieder ein Text: *Gigantus ist euch gefolgt. Sichtkontakt verloren bis Monitor kommt.*

Das musste Jess sein! Er hatte es geschafft, Kontakt zu unserem Bordcomputer aufzunehmen. Hastig suchten wir das Cockpit nach einem Bildschirm ab, der uns zeigte, was hinter uns geschah. Es gab einen.

Gigantus näherte sich schnell und zielstrebig. Die Spielerei war vorbei.

Soll ich euch zu den Minen navigieren?, fragte Jess über den Bordcomputer.

Ich schüttelte den Kopf. „Die finde ich sogar im Schlaf."

Ben tippte meine Antwort ein. Und stieß mich in die Seite. „Dann mal los!"

„Sofort?"

Ben wandte sich mir zu. „Worauf willst du denn noch warten?"

Auf einen Plan!, wollte ich herausschreien.

„Du überlegst immer noch, was Gigantus' Schwäche ist, oder?", fragte Ben. „Aber diesmal müssen wir ihn doch nur ablenken, nicht *in* die Minen hineinkommen."

„*Nur?* Du bist gut! Wir müssen zusehen, dass er dicht genug an uns dranbleibt, damit er kein Signal an die venjanische Flotte schicken kann. Gleichzeitig darf er nicht zu dicht an uns rankommen, sonst sind wir gleich Sternenstaub. Und irgendwie müssen wir Jess' Chip anbringen …"

KLARTEXT: BRÖSEL!

Ben stöhnte. „Ich dachte, du hättest einen Plan! Ohne ist das reiner Selbstmord!"

„Lass mich doch nachdenken …"
Er hatte absolut recht, ohne Plan war es Selbstmord. Mit einer Idee dagegen … Schwungvoll wendete ich den Jet.

BEN „Bist du irre?", fragte ich.
Daniel schüttelte den Kopf. Er wirkte erstaunlich ruhig. Wusste er, was er tat? Das hier war kein Spiel …
„Frag Jess, ob man Teile des Jets während des Fluges abkoppeln kann – und abwerfen." Daniel deutete auf ein Display, das alle Teile des Jets zeigte. „Erinnerst du dich an Chewie?"
Ich verstand kein Wort. Anfangs zumindest.

DANIEL Ben sah mich an, als hätte ich nicht mehr alle Latten am Zaun. Doch dann breitete sich ein Grinsen auf seinem Gesicht aus.
„Alles klar!"
Und er schickte unsere Frage an Jess. Die Antwort kam innerhalb von Sekunden. Gut so, unsere Spielleitung saß immerhin noch auf der andere Seite und glaubte blind an uns (nämlich ohne Sichtkontakt). Wenn es mir doch nur genauso ginge …
„Was ist denn da los?", fragte Ben.
Er deutete auf den Monitor, der den Kampfroboter zeigte. Gigantus war stehen geblieben. Plötzlich ertönte ein nervtötendes Rauschen aus unserer Funkanlage. Seltsam, wir waren

doch allein auf diesem Planeten … Dann erst begriff ich.
„Gigantus hat sein Signal ins All geschickt!", rief ich panisch. „Die venjanische Flotte dürfte in wenigen Minuten hier sein!"
Ben atmete tief ein und vergaß vor Aufregung eine Zeit lang, wieder auszuatmen. Und mir war schon wieder schlecht. Wie gern hätte ich ein paar Stunden darüber nachgedacht, wie man das Problem am besten angehen konnte. Andererseits wollte ich Gigantus endlich besiegen. Nicht später, sondern jetzt!
„Wir müssen uns also beeilen", sagte ich, nahm all meinen Mut zusammen und steuerte auf die Minen von Molos zu.

BEN Währenddessen versuchte ich, mich auf die Umgebung zu konzentrieren. Wir waren wirklich in einer fremden Welt. Die endlose Steinwüste flog unter uns hinweg, die Armaturen blinkten grün, rot und blau. Und eine blasse Kugel am Himmel spendete das einzige Licht – die weit entfernte Sonne dieses Systems. Was für ein trostloser Ort!

DANIEL „Kurskorrektur", murmelte ich, als ich eine bekannte Felsformation nicht weit von uns entdeckte. In zwei, drei Minuten waren wir da.
„Gigantus hält das Tempo", sagte Ben mit ei-

nem Blick auf den Heckmonitor. „Er wird die Minen vielleicht sogar vor uns erreichen.″
„Flugmanöver Plan C″, erwiderte ich routiniert. Diesen Angriff waren wir schon so viele Male geflogen. Und je ruhiger ich dabei war, desto besser hatte es geklappt. Nur diesmal würde Gigantus uns nicht gegen die Felsen donnern …
Es begann! Der Roboter überholte uns und stellte sich breitbeinig vor die Minen. Wie ein Hochhaus ragte er über uns in den schwarzen Himmel. Mann, was für ein Koloss! Was für eine tödliche Maschine!
„Angriff und Ausweichmanöver″, sagte ich zu Ben. „Bereit?″
Als er nickte, legte ich die Hand an den Steuerknüppel und flog los. Scheinangriff auf die Brust, runterziehen, unter den ausholenden Greifarmen hindurch.
„Links!″, brüllte Ben, der alle Monitore im Blick hatte, und ich reagierte sofort. „Steil nach oben!″, keuchte er, als ein Greifarm sich gefährlich näherte. Schon zog ich den Jet hoch – und entkam dem Griff um wenige Zentimeter. Puh!
„Und jetzt durch die Beine!″, rief Ben.
Damit hatte Gigantus nicht gerechnet! Anstatt in die Minen zu fliegen – was uns diesmal vielleicht sogar gelungen wäre –, zogen wir von hinten durch die Beine auf die Stein-

wüste hinaus, dicht an einem großen Felsen vorbei.
Mit einem Flügelwackler täuschte ich ein Problem vor, dann warfen wir unseren Suchscheinwerfer ab. Eins, zwei, drei …
„Vier Sekunden hat er gebraucht!", jubelte Ben, doch dann wurde er schlagartig wieder ernst. „Zieh hoch! Nicht zu weit weg, hat Jess gesagt, aber auch nicht in Reichweite der Greifarme bleiben."
Gar nicht so einfach! Nicht zu weit, nicht zu nah – die Kiste war doch kein Hubschrauber! Jedenfalls fand ich eine gute Entfernung, aus der wir zusehen konnten, wie Gigantus sich nach dem abgeworfenen Suchscheinwerfer bückte. Und was für ein schönes Lampi wir ihm da hingeworfen hatten!

BEN Ich grinste. „Frau Kramer hat recht gehabt. Einer guten Lampe kann dieser Roboter einfach nicht widerstehen. *Diese* Schwäche hätten wir nie erraten."

DANIEL Gigantus sammelte Licht wie wir Gamer Punkte in einem Spiel.
„Jetzt!", rief ich.
Ohne zu zögern, tippte Ben einen Befehl in die Tastatur. Und der Suchscheinwerfer leuchtete Gigantus mit aller Macht ins Gesicht. Schlagartig erlosch das

rote Licht, das ständig auf seinem Sichtbalken hin- und hergewandert war. Und der große Roboter torkelte.

BEN Da bemerkte ich aus den Augenwinkeln eine Menge Punkte auf einem der Monitore, der vorher nur das leere Weltall angezeigt hatte.
„Oh-oh!“, sagte ich, als ich es Daniel zeigte.

DANIEL Die venjanische Flotte! Sie hielt auf Molos zu. Verdammt, wir durften uns jetzt nicht ablenken lassen, dies war unsere einzige Chance! Ich versuchte, alles andere auszublenden, drehte mit dem Jet eine enge Schleife und setzte genau neben Gigantus auf.
„Schnell! Wir haben zwanzig Sekunden, schätzt Jess!”, rief ich.
Damit sprangen wir aus dem Jet, schossen die Seile aus den Ärmeln der Raumanzüge auf die metallenen Schultern des Roboters und zogen uns hoch. Mannomann, niemand hatte mich gewarnt, wie schwindelig einem dabei werden kann!
„Uhrencheck: noch zehn Sekunden”, stellte ich fest, als wir oben ankamen.
Himmel! Bei Chal und Jess hatten solche Aktionen immer viel professioneller ausgesehen. Während Ben an einem zweiten Seil zum Hinterkopf des Giganten hinaufkletterte, hielt ich den Chip fest. Aber etwas ging schief …

„Allein kriege ich die Klappe nicht auf!", stieß Ben hervor. „Sie ist viel zu groß!"
Noch sechs Sekunden!
Er hielt mir die Hand hin, ich ergriff sie und ließ mich hochziehen. Wo, zum Teufel, sollte man hier denn Halt finden? Ah, da war eine Art Kante, auf die ich den Fuß setzen konnte. Gemeinsam zerrten wir die Klappe auf.
„Chip!", forderte Ben mit wackelnden Fingern.
Ich legte das Ding in seine Hand, aber da war es bereits zu spät. Mit einem heftigen Ruck stand Gigantus auf und stieß einen wütenden Brüller aus. (Roboter können wütend werden?)
Jetzt waren wir erledigt!
„Tu es!", schrie ich Ben regelrecht an.
„Aber wohin soll der Chip?", fragte er hilflos.
Hastig warf ich einen Blick auf die vielen Lichter hinter der Klappe. Was wusste ich schon von außerirdischer Technik?
„Keine Ahnung!"
Klar, Ben wollte jetzt nur nichts falsch machen, aber wir hatten keine Zeit zum Überlegen. Aus den Augenwinkeln bemerkte ich bereits die zwei Greifarme, die links und rechts auf uns zuschossen.
„Egal!", keuchte ich. Und drückte den Chip auf eine grüne Fläche, die mich entfernt an meine Festplatte erinnerte. „Irgendwo!"
Ich schloss die Augen und klammerte mich an

ICH! SPONTAN!

meinem Seil fest. Gleich würde uns der Greifarm zerquetschen …

BEN Aber er stoppte. Und sank nach unten. Der ganze riesige Metallkörper ging in die Knie. Dabei ertönte ein Geräusch. Er klang wie ein Computer, der herunterfährt.
„Reset!“, jubelte Daniel in mein Ohr, dass ich fast taub wurde.
Und während wir uns an den Seilen herabließen, hoffte ich nur noch, dass der Roboter nicht nach hinten kippen würde. Aber er kniete einfach wie abgestellt und vergessen.

DANIEL Apropos vergessen: Erst jetzt sahen wir die venjanische Flotte. Inzwischen konnte man sie mit bloßem Auge erkennen …
Die Raumschiffe – zahlreich wie Sterne – schienen am Himmel zu warten. Wie ein Wespenschwarm im Trickfilm, der gleich runterstoßen würde.
Verdammt! Ich habe Zeitdruck schon immer gehasst! Wir brauchten schon wieder einen Plan …
Dachte ich. Man kann sich auch irren. Denn

plötzlich erwachte Gigantus neben uns zum Leben. Er stand auf – und ragte vor uns in den Himmel wie ein Transformer. Mein erster Gedanke war: Hier gibt es keine Deckung! Gleich sind wir tot! Und als er einen Greifarm nach uns ausstreckte, standen wir wie erstarrt da. Aber Gigantus hielt uns die Hand entgegen wie die Hubkanzel eines Feuerwehrwagens.
„Ich glaube, wir sollen aufsteigen", flüsterte Ben.
Woher nahm er nur sein Vertrauen in dieses Monstrum? Trotzdem taten wir es. Und fuhren dann in einer irren Geschwindigkeit nach oben, vor seinen Kopf. Das rote Licht sauste wieder in dem Lichtbalken hin und her.
„Erbitte neue Befehle", sagte der Metallkoloss mit seiner blechernen Stimme.
Ich konnte nur entsetzt zwischen ihm und den Raumschiffen am Himmel hin- und hersehen. Wer kann unter *dem* Druck denn denken?

BEN „Da oben ist die venjanische Flotte", brachte ich Gigantus auf den neuesten Stand. „Sie wird gleich kommen und nach einem Tor in eine andere Welt suchen. Und wenn sie keins findet, wird sie die Erde angreifen. Beides müssen wir verhindern. Wir haben aber keinen Schimmer wie."

Gigantus neigte den Kopf, als warte er auf konkretere Befehle. Verdammt! Jetzt hatten wir schon so eine riesige Maschine auf unserer Seite und mir fiel nichts ein!

DANIEL Zum Glück klapperten die Zahnräder in meinem Kopf langsam wieder.
„In den Minen von Molos liegt das letzte Teil für eine Maschine, die die Venjaner stoppen kann. Das brauchen wir noch. Wir müssen diese Maschine bauen – sehr, sehr schnell."

BEN Der Gedanke war verrückt. Wer sollte eine Maschine bauen können, von der er nicht einmal wusste, wie sie funktionierte? Aber der große Roboter setzte uns ab und schwebte hinüber zu den Minen. Mit einem seiner Greifarme holte er ein winziges Teil heraus. Erstaunlich, dass er es überhaupt halten konnte!

DANIEL Wir öffneten unsere Ladeklappe und holten die anderen winzigen Teile hervor. Was dann kam, war einfach unglaublich. Als Modellbauer bin ich ja Ruhe und Vorsicht beim Zusammenbau gewohnt, aber Gigantus sortierte die Maschinenteile durch wie ein Zauberkünstler seine Karten und fügte sie dann mit seinen riesigen Pranken in einer Wahnsinnsgeschwindigkeit zusammen. Mit der Präzision eines Uhrmachers! Der Hammer!

Das Ergebnis sah in Gigantus' Pranken echt mini aus, wie ein Puppen-Handy. Und das Ding sollte die Welt retten?
Inzwischen hatte ich über das Display im Jet Kontakt zu Jess aufgenommen und wusste etwas mehr über das große Geheimnis des letzten Levels von *Space Agents*.
„Diese Maschine muss in die Nähe der venjanischen Flotte gebracht werden und dort eingeschaltet werden", sagte ich, „aber sie hat keinen eigenen Antrieb. Ich habe also keine Ahnung …"
Und bevor ich den Satz zu Ende gesprochen hatte, stieß Gigantus sich vom Boden ab wie eine Katze, die auf eine Mauer springen wollte. Aber er landete nirgends – sondern schaltete die Triebwerke an seinen Metallfüßen ein und stieg wie eine Rakete in den Himmel auf.

BEN Gigantus flog mitten zwischen die Venjaner, die ihn offensichtlich nicht für eine Bedrohung hielten. Sie formierten sich gerade neu, sodass die Raumschiffe eine Pfeilspitze bildeten. Vermutlich eine Angriffsformation, auf jeden Fall ziemlich abschreckend für einen Gegner. Und Gigantus schwebte zwischen ihnen wie ein guter Freund.
Plötzlich war deutlich zu sehen, dass etwas geschehen war. Wir konnten zwar nichts hören, aber die Schiffe kippten zur Seite weg, als würde eine

Welle über sie hinwegdonnern. Wow! Mittelpunkt dieser Welle war Gigantus. Und um ihn herum blieben die Schiffe einfach so wehrlos in der Luft hängen. Der Roboter dagegen schien völlig unverletzt. Er schwenkte in unsere Richtung und kehrte zurück. Ich fand das alles unfassbar.

DANIEL Als er landete, stand er vor uns stramm, als wären wir seine neuen Herren. Na ja, vermutlich waren wir das auch.

KRASS!

„Die Gefahr für die Erde besteht nicht mehr", dröhnte seine Stimme zu uns herunter.
Ich war tierisch erleichtert, aber gleichzeitig wusste ich, dass das noch nicht alles war.
„Die Venjaner werden ihre Antriebe reparieren und die Erde erneut angreifen. Das darf auf keinen Fall geschehen! Du musst die Erde vor ihnen beschützen."
Gigantus neigte den Kopf wie ein Butler, den man um ein Glas Wasser gebeten hatte. „Ich werde den Befehl ausführen."
„Wie willst du das tun?", fragte ich neugierig.
„Stufe 1: Zur Erde fliegen, Maschine im Orbit einschalten. Stufe 2: Dauerhaft dafür sorgen, dass Maschine Energie hat. Nie wieder werden die Venjaner die Erde angreifen können."
„Gut so!", sagte ich beeindruckt. Ein denkender Robo-

ter war schon Gold wert – und ich hätte darauf wetten können, dass seine Programmierung ohne Frau Kramers Einsatz dafür nicht gereicht hätte.
„Mach das und warte dort auf weitere Befehle von den Piloten Chal und Jess." Ich überlegte. „Dann wirst du also wieder ein Wächter sein. Wird dir dabei auch nicht langweilig werden?" Gigantus legte den Kopf schief, und ich fürchtete schon, dass das Wort *langweilig* nicht zu seinem Wortschatz gehörte. Aber ich hatte mich geirrt.
„Erde ist ein heller Planet."
Natürlich war seine Stimme so blechern wie vorher. Aber trotzdem klang er wie ein Kind, das über Erdbeerkuchen sprach.

BEN Hallo?

DANIEL Egal. Zumindest muss er jetzt seine Taschenlampen-Sammlung nicht mehr erweitern. Gigantus erhob sich also ein zweites Mal in den Himmel – aber diesmal würden wir ihn nie wiedersehen. Würde ich ihn vermissen? Ich glaube nicht.
Plötzlich öffnete sich ein riesiges, viereckiges Fenster am Himmel, als hätte jemand eine Klappe in unsere Welt geöffnet. Hey, das sah stark aus! Ein heller Ort mit einem Star-Wars-Poster im Hintergrund, sodass man

ihn fast für ein Weltall im Weltall halten könnte … Wir stiegen wieder in den Jet und rasten, begleitet von einem gewaltigen Splittergeräusch, zurück in die andere Welt. Ich hatte Mühe, den Jet kurz vor der Wand mit dem Poster herumzureißen, und landete genau auf der alten Brandspur vor meinem Regal.
„Sofort ausschalten!", rief ich Chal und Jess zu, die mit eingezogenem Kopf an meiner Tastatur saßen. „Nur falls irgendein Venjaner sein Schiff wieder flott kriegt."
War schon ein witziges Gefühl: wir im Jet! Und die beiden Piloten hockten da, wo wir vor ein paar Tagen gehockt hatten: an einem kaputten Computer.

BEN Ja, aber trotzdem haben *wir* den Flieger gelenkt und das Abenteuer selbst erlebt! Einen Kampfroboter besiegt und danach die ganze venjanische Flotte. Hey, wir begnügen uns nicht mit einer Welt, wir retten sogar zwei!

DANIEL Danach brachte Jess uns wieder auf Normalgröße. Wobei ich das Gefühl hatte, locker zwei Zentimeter größer zu sein als vorher, aber das war wahrscheinlich nur Einbildung.

BEN Ja, und jetzt musste ich mein Opfer bringen: meinen Monitor. Daniel hatte schon zwei verloren,

Aaron einen, jetzt war meiner dran. Das würden wir unseren Eltern nie erklären können … Während ich losjoggte, befreiten Daniel und Aaron Frau Kramer.

DANIEL Oh Mann, die Arme hatte ewig warten müssen! Aber sie war überhaupt nicht sauer, sondern hörte uns atemlos zu. Als wir schließlich von Gigantus' Hilfe erzählten, leuchteten ihre Augen auf.
„Dann ist er jetzt der Retter der Menschheit!", seufzte sie. „Und meine Mühe, ihm Gutes beizubringen, hat sich doch noch gelohnt."
Aaron und ich grinsten uns an. Da hatte sie wohl nicht ganz unrecht.
Als der Abschied kam, wurde mir mulmig. Die Piloten waren in wenigen Tagen ein wichtiger Teil meines Lebens geworden. Das fand auch Ben, glaube ich, denn in seinen Augen war es verdächtig feucht.

NA GUT, ER AUCH (EIN BISSCHEN)

BEN Das war der Gegenwind vom Rennen, als ich den Monitor geholt habe.

DANIEL Ja klar! Trotzdem war es traurig – und gleichzeitig ganz toll. Chal und Jess konnten jetzt beruhigt in ihre Welt zurückfliegen und würden sich dann weiter um Gigantus kümmern. Bestimmt konnte er den Menschen noch auf viele andere Arten helfen.

„Ich würde nur so gern miterleben, was ihr noch alles erlebt", sagte ich.
Chal und Jess grinsten sich gegenseitig an, dann nickten sie mir zu.
„Wir haben jetzt nicht nur Kontakt zu unserem Bordcomputer, sondern auch zu deinem", lachte Jess. „Wenn du also plötzlich seltsame Botschaften auf dem Bildschirm hast, solltest du mal dein Skype einschalten."
Und der Witz war: Es funktionierte! Zwei Tage später skypten Ben und ich zum ersten Mal mit den beiden.
Chal wedelte mit seinen gesunden Armen herum und erklärte: „Die Medizin *unserer* Welt ist eurer eben haushoch überlegen!"
Jess grinste. „Dafür gibt es bei euch andere tolle Dinge. Laserschwerter und Schokokekse zum Beispiel."

UND SCHULE UND HAUSAUFGABEN GRUMMEL!

Dann zeigten sie uns ein Flugfeld voller cooler Raumschiffe in den verrücktesten Formen. Und plötzlich stampfte ein riesiger Metallfuß neben ihnen ins Bild.
„Gigantus wollte auch Hallo sagen." Jess deutete nach oben.
„Hallo!", dröhnte eine bekannte Stimme im Hintergrund, die das offenbar als Befehl aufgefasst hatte.
Chal kam jetzt näher an den Bildschirm heran, als wollte er nicht, dass irgendjemand mithören konnte, was er sagte: „Wisst ihr was? Ich

hätte nie gedacht, dass ihr das macht! Euch schrumpfen zu lassen, in einen Computer zu fliegen und dann noch gegen einen Kampfroboter anzutreten, den nicht einmal *wir* besiegen konnten, nur um eine fremde Welt zu retten … Mal ehrlich! Ich an eurer Stelle hätte eine Scheißangst gehabt und die Finger davon gelassen!"

Echt jetzt?

„Heißt das, dass wir mutiger sind als ihr?", hakte ich nach.

Jess verkniff sich ein Grinsen, während Chal die Hände in die Hüften stemmte und protestieren wollte.

„Sag schon, dass wir mutiger sind als die *Space Agents*!", lachte ich.

„Ihr seid mutiger als die *Space Agents*", sagte Gigantus. Und es würde für immer ein Geheimnis bleiben, ob er es so meinte oder als Befehl verstanden hatte.

Wenn SUSANNE RAUCHHAUS Geschichten schreibt, dann immer mit einer Prise Magie und viel Fantasie. Ihr Kindheitstraum, in ihrem Zimmer ein paar kleine Menschen zu verstecken, ihr Wunsch, Außerirdischen einmal unsere Welt zu erklären, und ihre Begeisterung für Strategie- und Adventure-Games brachten sie auf die Idee zu diesem Buch. Die Autorin lebt mit ihrem Sohn und ihrem Mann in der Nähe von Esslingen.

HELGE VOGT arbeitet als Illustrator und Comiczeichner für zahlreiche Verlage. Wenn er früher gezockt hat, dann am liebsten zusammen mit seinem Bruder. Nebeneinander vor dem Computer zu sitzen, zu lachen und knallharte Rätsel zu knacken, war dann immer das Größte. Heute lebt er in Berlin und spielt mit dem Gedanken, selbst einmal Monster und Helden für die virtuelle Welt zu entwerfen.